KB244929

내 아기를 더 잘 이해하기 위한 심리실험 100

100 petites expériences de psychologie
pour mieux comprendre votre bébé
by Serge Ciccotti

엄마 뱃속부터 세 살까지, 당신이 몰랐던 아기의 속마음을 들여다본다

내 아기를 더 잘 이해하기 위한 심리실험 100

100 petites expériences de psychologie pour mieux comprendre votre bébé

세르주 시코티 지음 | 윤미연 옮김

궁리
KungRee

얼마 전까지만 해도 아직 아기였던

루앙, 로렐라, 레일루에게…….

★— 일러두기

_ 심리학자 이름 뒤에 나오는 연도는 실험년도를 뜻한다.

_ 각주 중 옮긴이 표시가 없는 것은 원주이다.

들어가면서

아기는 어떤 존재일까? 엄마 아빠에게는 더할 수 없는 기쁨이지만 그 외의 사람들에게는 성가신 존재? 결코 그 반대일 리는 없으니까……?

우리는 아기에 관해 얼마나 알고 있을까? 누군가가 말한 것처럼, 영양분 섭취를 해결하기 위해 젖을 빨아들이는 흡입기와 자동경보기를 갖추고 있으며 쌕쌕거리는 숨소리와 몸짓과 울부짖음만으로 말하는 키 50센티미터 정도의 존재…….

사실 우리는 아기에 대해 많은 것들을 알고 있다. 누군가가 임신했다는 소리만 들어도 주변 사람들이 온갖 종류의 조언들을 넘치도록 해주는 것만 봐도 알 수 있다. 뿐만 아니라 우리의 아기 천사 게루빔은 아주 흥미진진한 주제이기 때문에 그에 관한 잡지, 육아서, 인터넷 사이트들은 그 수를 헤아리기 힘들 정도로 많다. 그런데 그런 곳들의 정보들은 과연 신뢰할 만할까?

발달심리학에서는 아주 오래전부터 감정이나 행동뿐 아니라 인지적 측면에서 젖먹이 아기들이 소유한 능력에 관해 새로운 사실들을 끊임없이 발견해왔다. 특히 영어권 국가들이 과학계를 계속 주도해오고 있긴 하지만, 프랑스 역시 이 분야에서 대단히 뛰어난 학자들을 지속적으로 배출해내고 있다〔로제 레퀴예의 『신생아의 성장발달(*Le dévelloppment du nourrisson*)』

(2004)이 좋은 예라 할 수 있다].

그럼에도 불구하고 아기들의 심리에 관해 밝혀내야 할 것들은 아직도 무궁무진하다. 따라서 나는 이 책이 완벽하다고 자부하지 않는다. 오히려 이 책의 목적은 학자들이 매우 창의적으로 이용한 실험방법들을 독자 여러분에게 보여주면서, 출생 전후의 아기들에 관해 가장 최근에 발견된 과학적 성과들을 소개하는 데 있다. 당신은 이 책을 읽어나가는 동안 학자들이 어떤 방법으로 자궁 속의 태아를 비롯해 갓 태어난 아기들의 놀랄 만한 능력들을 새롭게 밝힐 수 있었는지 알게 될 것이다.

나는 이 책을 통해 당신이 잘못 알고 있던 기존의 지식들을 바로 잡고, 부모들이 아기를 더 잘 이해하고 더 훌륭하게 키울 수 있기를 원한다.

그리고 본문으로 들어가기 전에 미리 감사의 말을 전한다. 이 책의 편집을 맡아준 마리 로르 다베작-뒤앙과 장 앙리에에게 무한한 감사의 마음을 전하고 싶다. 나는 그들과 함께 처음부터 아주 즐겁게 일을 시작했고, 작업 과정 내내 그들을 전적으로 신뢰하고 의지했다. 저작권 문제를 담당하여 전 세계 독자들이 내 책을 접할 수 있게 해준 마리본 비트리, 그리고 재미있는 삽화를 그려준 로랑 오두앵에게 심심한 사의를 표한다. 끝으로, 내 가족들과 친구들에게도 고마움을 전하고 싶다. 이 책을 쓰는 동안 나는 줄곧 그들을 의지해왔다. 그들이 아니었더라면 이 기획은 결코 완성되지 못했을 것이다. 그들의 격려와 배려에 진심으로 감사드린다.

지은이, 세르주 시코티

차례

3장 ◆ 아기의 행동 _99

4장 ◆ 아기의 감정 _117

5장 ◆ 아기의 생각 _131

6장 ◆ 아기의 언어 _149

1장

아기를 대하는 부모의 행동

100 petites expériences de psychologie pour mieux comprendre votre bébé

01

당신은 아기에 관한 고정관념을 가지고 있을까?

심리학자들이 말하는 고정관념이란 과연 어떤 것일까? 고정관념이란, 한 범주나 집단의 구성원들(아기, 여자, 금발의 여자, 흑인, 백인, 은행원, 학생, 벨기에 사람, 미인, 못 생긴 사람 등)이 어떤 공통적인 특징들을 갖고 있다고 믿으면서 그 집단 전체를 일반화시켜 생각하는 것이다. 예를 들어, 우리는 스웨덴 사람들은 하나같이 키가 크고 금발에다 눈이 푸르다고 생각하고, 마르세유 사람들은 모두 페탕크◆ 놀이를 하며 파스티스 술을 마신다고 생각한다.

어떤 측면에서 고정관념은 유용하다고도 할 수 있다. 정보를 단순화시켜 우리의 생활을 편리하게 해주기 때문이다.◆◆

아기의 성에 대한 고정관념

우리가 대체로 남자들은 지배적이고 이성적이며 자기중심적인 반면,

◆ 쇠공을 교대로 굴려 표적을 맞히는 프랑스 남부 지방의 전통 놀이 - 옮긴이.

◆◆ 고정관념 덕분에 우리는 정보들을 '작은 단위들'로 만들 수 있다(무의식적으로). 이것은 결과적으로 동일 집단에 속하는 개인들의 유사성을 최소화하고 다른 집단들에 속하는 사람들 간의 차이점들을 부각시켜준다.

여자들은 다정다감하고 감성적이며 타인에 대한 배려심이 크다고 생각하는 건 바로 성에 관한 고정관념 때문이다. 우리는 성에 관한 온갖 고정관념들을 가지고 있다.

우리 눈앞에 있는 아기가 남자아이라는 말을 들었을 때, 그 정보는 우리가 그 아기를 판단하는 데 영향을 미칠까?

심리학자 콘드리J. condry와 콘드리S. Condry는 생후 9개월 된 아기가 바닥에 앉아 다양한 장난감들을 가지고 노는 모습을 담은 영상을 어른들에게 보여주면서 아기의 행동을 관찰하게 했다(1976). 그들은 참여자들 중 절반에게는 "이 여자아이의 행동을 평가해주십시오"라고 말했고, 나머지 절반에게는 "이 남자아이의 행동을 평가해주십시오"라고 말했다. 물론 이 두 그룹에 제시된 영상은 동일한 것이었다.

참여자들의 평가 내용을 분석한 결과, 화면에 등장한 아기를 여자아이라고 생각했던 참여자들과 남자아이라고 생각했던 참여자들은 아기의 행동을 각기 다르게 평가한 것으로 나타났다. 남자아이를 관찰했다고 생각한 사람들은 여자아이를 관찰했다고 생각한 사람들에 비해, 아기가 더 활동적이고 기쁨과 분노의 감정을 더 적극적으로 표현하며 겁을 별로 내지 않았다고 평가했다.

아기의 사회적 환경에 대한 고정관념

당신이 어떤 아기를 생전 처음 보게 된다고 하자. 그때 당신이 그 아기가 부유한 환경에서 태어났다는 사실을 미리 알고 있을 경우, 그 정보가 당신에게 큰 영향을 미칠 가능성이 매우 높다.

달리와 그로스가 이 사실을 증명했다(1983). 실험자는 참여자들에게 한 여자아이가 생활하는 영상을 보여주었다. 참여자들 중 절반에게는 유복한 사회환경(시설이 좋은 사립학교, 부유한 주거환경)에서 생활하는 아이를 보여주었고, 나머지 절반의 참여자들에게는 열악한 사회환경(낙후된 시설의 공립학교, 열악한 주거환경)에서 생활하는 아이를 보여주었다.

그런 다음 실험자는 두 번째 영상을 제시했다. 이번에는 두 그룹의 참여자들에게 동일한 영상을 보여주었다. 화면 속의 여자아이는 성공할지 실패할지 알기 어려운 어떤 임무를 실행하고 있는 중이었다. 그 영상을 보고 참여자들이 해야 할 일은 그 아이의 수행 능력을 평가하는 것이었다.

그 결과 다음과 같은 사실이 확인되었다. 첫 번째 영상에서 유복한 환경에서 생활하는 여자아이를 보았던 피험자들은 그 아이가 아주 총명하다고 평가한 반면, 열악한 환경에서 생활하는 여자아이를 보았던 피험자들은 그 아이에게 재능이 별로 없다고 평가했다. 하지만 알다시피 그 두 그룹의 피험자들이 보았던 여자아이는 동일 인물이었다.

고정관념은 '범주화' 과정의 결과로, 우리를 둘러싸고 있는 세상을 단순화시켜 우리 각자가 편리하게 살아갈 수 있게 한다. 이런 점에서 고정관념은 매우 유용하다. 고정관념이 없다면, 우리는 서로 모순되거나 전혀 쓸데없는 엄청난 정보의 홍수 속에 파묻혀 어찌할 바를 모르고 허우적거릴지도 모른다. 예를 들어 "브루노는 마늘을 좋아하고, 매일 낮잠을 자고, 페탕크 놀이를 하고, 프로방스 지방 사투리를 쓰고, 뭐든 부풀려서 말하는 버릇이 있고, 마르세유 올림픽 유치를 지지한다"고 말하는 것보다는 브루노는 "진짜 마르세유 사람이다"라고 말하는 게 훨씬 더 편하다.

하지만 이런 고정관념들을 항상 신뢰할 수 있을까? 심리학자들은 고정관념이 진실의 핵심을 담고 있다고 주장한다(레엔스, 이제르비, 스카드론, 1994). 문제는 그러한 진실의 핵심을 일반화하여 그 개인이 속한 집단의 구성원 전체가 예외 없이 거기에 해당한다고 생각하는 데 있다.

| 결론 | 우리는 어른들을 판단할 때 고정관념에 의지한다. 하지만 어떤 연구들은 우리가 아기를 판단할 때도 마찬가지로 고정관념에 의지한다는 사실을 밝히고 있다. 아기의 사회적 환경에 관한 고정관념뿐 아니라 아기의 성별에 관한 고정관념들 역시 우리의 판단에 큰 영향을 미친다.

그런 고정관념을 확인해보고 싶다면 다음과 같은 실험을 해보라. 생후 6개월 된 아기를 데리고 산책을 나가라. 그때 아기의 머리에 빨간색 리본을 달아주도록 하라. 그러면 슈퍼마켓에서 당신과 마주치는 사람들은 대부분 당신의 아기를 여자아이라고 판단하고는, 아기가 매우 온순하고 감수성이 풍부할 뿐만 아니라 심지어 수다쟁이(!)라고 생각할 가능성이 아주 높다. 반대로, 그 이튿날에는 아기에게 파란색 옷을 입혀 같은 장소에 데려가보라. 십중팔구 사람들로부터 "애가 참 씩씩하네요?" 또는 "이 아기는 자기가 원하는 게 뭔지 분명하게 알고 있어요, 애가 아주 적극적인 것 같아요, 벌써부터 세상을 탐험하려는 것 좀 봐요, 진짜 사내아이답군요!"라는 말을 들을 것이다.

아기와 어른의 유사성이 어른의 행동에 미치는 영향

02 아빠는 정말로 아기가 자기를 닮은 것을 좋아할까?

아빠는 아기가 자기를 닮았다는 사실에 민감할까, 아니면 그런 걸 별로 대수롭지 않게 생각할까? 가령, "어머! 얘는 아빠를 쏙 빼닮았네요!"라는 말을 들은 아빠는 정말로 기분이 우쭐해질까?

플라텍 연구팀은 어떤 실험에서 성인 남자들과 여자들에게 여러 장의 아기 사진을 보여주었다(2002). 참여자들 중 절반에게는 낯선 아기의 얼굴에다 참여자의 얼굴을 합성한 아기 사진을 보여주었다(물론 참여자들은 그 사실을 몰랐다). 이 합성사진을 만들기 위해 연구팀은 실험에 들어가기 직전에 거짓 핑계를 대어 참여자들 각각의 사진을 미리 촬영해두었다. 그런 다음 컴퓨터 그래픽을 이용해 합성작업을 했다. 합성사진에서 아기와 참여자의 공통적인 특징들이 나타난 비율은 25~50% 정도였다.

그리고 연구팀은 참여자들 중 나머지 절반에게는 그들과 전혀 닮은 데가 없는 아기의 사진을 보여주었다. 그런 다음 모든 참여자들에게 사진 속의 아기들을 평가하고 다음과 같은 유형의 질문들에 답해달라고 했다.

"이 중에서 어떤 아기가 가장 마음에 듭니까?", "이 아기들 중에 어떤 아기와 가장 오랫동안 함께 있고 싶습니까?", "만약 이 아기들이 당신이 매우 아끼는 물건을 망가뜨렸다면, 당신은 어느 아기에게 가장 벌을 적게 줄 것 같습니까?", "이 아기들 중 한 아기에게 50달러를 써야 한다면, 어떤 아기에게 쓰겠습니까?", "입양을 한다면 어떤 아기를 입양하고 싶습니까?"

그 결과 놀라운 사실이 밝혀졌다. 참여자들 중 남성들만이 유사성에 특별히 관심을 보였다. 플라텍 연구팀이 확인한 바로는, 여성들과 달리 남성들은 자기 얼굴과 합성한 아기 사진을 보았을 때 더 친근감을 느끼고 마음에 들어했다. 심지어 그 아기의 건강까지 염려하는 아빠들도 있었다.

| 결론 | 사람들은 자신과 닮지 않은 사람들보다 자신과 닮은 사람들을 훨씬 더 쉽게 도와준다는 사실을 우리는 이미 알고 있다.◆ 그렇지만 플라텍 연구팀의 실험 결과는, 아빠들이 아기가 자신과 얼마나 닮았느냐에 매우 민감하다는 사실 또한 증명해주고 있다.

그런데 이런 경향이 남성들에게만 해당되는 이유는 뭘까? 심리학자들은 그 이유를 다음과 같이 설명한다. 여자들은 자신의 아기를 자연스럽게 알아볼 수 있기 때문에 친자 확인 문제로 남자들만큼 불안해 하지 않는다. 반면에 남자들은 아기가 자신의 친자라는 것을 확인해야 할 필요가 있을 때 유사성을 중요한 단서들 중 하나로 이용하게 된다.

따라서 아빠들에게 다음과 같은 식의 농담을 하지 않도록 주의하자. "이 애가 진짜 자네 아들 맞아? 자넬 하나도 안 닮았잖아!" 당신이 장난 삼아 던진 그 말에 아이의 아빠는 당신이 상상하는 것보다 훨씬 더 큰 충격을 받거나 기분이 상해 할 것이다.

바로 이 유사성의 확인 과정 덕분에, 원시 시대에 우리 조상들은 사회 집단 속에서 자기

◆ 세르주 시코티, 『내 마음속 1인치를 찾는 심리실험 150』(2006, 궁리), 130쪽 참조.

부모를 더 쉽게 찾을 수 있었다. 여러 연구들이 증명한 바로는, 다람쥐 같은 동물들 역시 자신들과 닮은 동물을 더 많이 챙겨주고 돕는다고 한다. 그리고 어떤 동물들(개코원숭이, 햄스터, 레서스원숭이)은 자신들만의 특이한 냄새로 자기 새끼를 확인할 수 있다고 한다.

산모의 친자 확인 능력

03

태어난 지 1시간 된 아기를 다른 아기와 바꿔놓으면 엄마는 자기 아이를 알아볼 수 있을까?

아기를 갓 출산한 젊은 산모에게 가장 끔찍한 악몽은 출산 후 자기도 모르는 사이에 아기가 바뀌는 일이 일어나지 않을까 하는 것이라는 이야기를 이따금씩 듣게 된다. 당신도 그런 두려움을 느끼는가? 당신은 당신이 낳은 아기를 알아보지 못할지도 모른다고 생각하는가?

만약 그렇다면 다음에 소개하는 일련의 실험들을 살펴보라. 이 연구 결과들을 보면 그런 걱정이 전혀 필요 없다는 사실을 알게 될 것이다.

여러 심리학자들이 '부모가 단지 신체적인 접촉만으로 자기 자식을 알아볼 수 있을까?' 하는 궁금증을 가지고 실험을 했다. 실험자는 눈가리개로 눈을 가린 젊은 산모들을 세 명의 신생아가 잠들어 있는 방으로 데려가, 아기의 손등이나 뺨을 한 번씩 만져보게 했다. 그다음 산모들은 세 아기 중 어느 아기가 자기 아이인지 말해야 했다(카이츠, 라피도, 브로너, 아이델만, 1992).

그 결과, 젊은 산모들 중 79%가 자기 자식을 알아보았다. 그런데 아기가 태어난 이후 그들과 아기들이 함께 지낸 시간은 출산 직후부터 사흘 사이 총 8시간(수유 시간) 정도에 불과했다. 게다가 통계 분석 자료들을 보면, 함께 보낸 시간의 양은 엄마가 자신의 아기를 식별하는 데 아무런 영향을 미치지 않는 것으로 나타났다. 출산 후 아기와 불과 1시간밖에 같이 있지 않았던 산모도 자기 자식을 찾아낼 수 있었다.

이 실험 결과를 통해, 여성들은 간단한 접촉만으로도 자기 자식을 식별할 수 있는 특별한 능력을 갖고 있다는 사실이 입증되었다. 이 능력은 엄마와 아기 사이의 무의식적인 신체 접촉을 통해 획득된다.

그렇다면 사진만으로 자기 자식을 알아볼 수 있을까?

카이츠, 로켐, 아이델만은 출생 직후의 신생아들(태어난 지 5분에서 5시간 사이)의 사진을 찍었다(1988). 그들은 병원에서 간호사들이 아기들을 목욕시키려고 데려간 동안, 180명의 젊은 엄마들에게 이 사진들로 각자 자기 자식을 찾아보라고 했다. 그 결과, 아이를 낳은 경험이 있는 경산부들이 초산부들보다 자신의 아기 사진을 더 정확하게 찾아낸다는 사실이 확인되었다.

이 심리학자들의 추론에 따르면, 초산부들이 처음으로 아기를 낳는 스트레스 때문에 일시적으로 집중력과 인지 능력이 떨어져서 그런 결과가 나타난 것일 수도 있다.

그렇다면 냄새는 어떨까?

1987년에 카이츠, 굿, 로켐, 아이델만은 한 산부인과에서 젊은 산모들에게 신생아에 관한 심리실험에 참여해달라고 부탁했다. 그중 48명이 제의를 수락했다.

첫 단계에서, 연구팀은 젊은 산모들에게 아주 흔한 세 가지 냄새(바닐라, 아몬드, 레몬)를 맡게 했다. 그녀들이 그 냄새들을 구분할 수 있는지

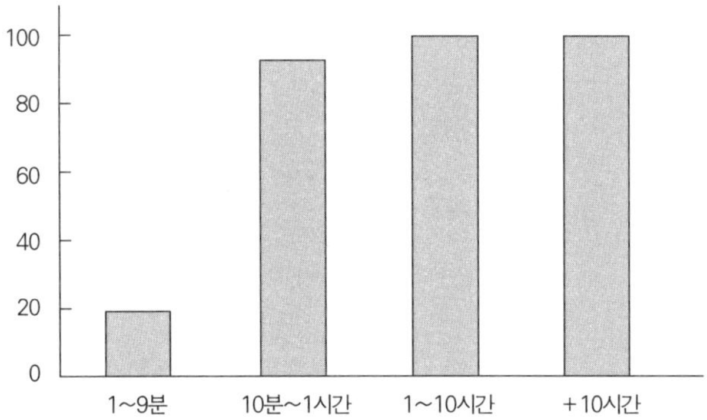

알아보기 위해서였다. 산모들 중 6명은 냄새를 구분하지 못했다. 그래서 그 6명의 산모들은 두 번째 단계의 실험에 참여하지 못했다.

두 번째 단계 실험에 참여한 산모들은 각자 자기 아기의 냄새를 인식하는 테스트를 받았다. 이 실험을 위해 연구자는 각 피험자의 아기를 포함한 총 세 명의 신생아들의 옷을 벗겼다. 그리고 벗긴 옷들을 따로따로 비닐봉투에 담았다. 그런 다음 연구자는 피험자인 산모에게 되돌아가서, 30초 동안 세 개의 비닐봉투 안에 들어 있는 옷의 냄새를 맡으라고 했다. 산모가 냄새만으로 자기 자식의 옷을 식별할 수 있는지 알아보기 위해서였다.

다음 도표는 산모가 아기와 함께 있었던 시간에 비추어 자신의 아기를 얼마나 빠르고 정확하게 알아보았는지를 보여준다.

산모들 중 90%는 갓 태어난 아기와 불과 10분밖에 함께 있지 않았는데도 자기 아이의 냄새를 식별했다!

이 실험 결과는, 산모들이 자기 아기가 풍기는 '냄새 신호'를 사람들이 일반적으로 생각해왔던 것보다 훨씬 더 잘 인식한다는 것을 보여준다. 게다가 또 다른 연구들 역시 이런 사실을 더욱 확실하게 증명해주고 있다(포터, 세르노흐, 맥로플린, 1983).

결론 다른 동물들과 마찬가지로, 후각은 인간에게 자기 자식을 식별해야 할 경우 매우 중요한 확인 수단이다. 하지만 확인방법은 그것만 있는 것이 아니다. 엄마는 아기와 아주 잠시 동안 함께 있었더라도, 가벼운 피부 접촉이나 사진만으로도 자기가 낳은 아기를 식별할 수 있다! 이런 능력은 바로 사랑의 힘에서 비롯되는 것이 아닐까?

⚜ 산욕기 동안의 아빠의 친자 확인 능력

04

아기의 손을 만지는 것만으로 아빠는 자기 아이를 식별할 수 있을까?

심리학자들은 산모들의 행동을 자주 연구하지만, 아빠들에 관해서는 그다지 궁금해 하지 않는다. 그렇다면 과연 아빠들은 어떨까? 아빠들 역시 엄마들처럼 아기가 태어난 지 몇 시간이 지난 순간부터 자기 아이를 쉽게 식별할 수 있을까?

이 의문에 대한 답을 구하기 위해, 카이츠 연구팀은 30세가량의 아기 아빠 23명을 대상으로 실험을 실시했다(1994). 아빠들은 이전 실험에서의 엄마들과 똑같은 조건들에 따라 테스트를 받았다. 이 실험은 출산 후 6일째 되는 날에 실시되었고, 아빠들은 그사이 도합 7시간 정도를 자기 아이와 접촉했다.

연구팀은 아빠들의 눈을 가리고 코를 막았다. 그런 다음 아빠들을 세 아기들이 잠자고 있는 신생아실로 데려가, 아기들의 손등과 뺨을 각각 만져보게 했다. 실험에 참여한 아빠들은 그런 방법으로 자기 아이를 찾아내야 했다.

그 결과 78%의 아빠들이 두 가지 조건(뺨 또는 손) 중 적어도 한 가지에서 자기 아이를 정확하게 알아맞혔다. 특히 손의 접촉을 통해 더 많이 맞혔다. 그리고 아빠들 대부분이 자기가 내린 판단에 그다지 자신을 가지지 못했지만, 그들의 자신감은 실제적으로 자기 자식을 식별하는 능력과는 아무런 상관이 없었다. 더욱이 엄마들의 경우와 마찬가지로, 아빠들이 자기 자식을 알아보는 성공률은 아기와 함께 보낸 시간, 다른 자식들의 존재 유무, 아기의 성별과는 전혀 관계가 없었다.

이 실험은 아빠들이 자기 아이와의 신체 접촉에 매우 민감하다는 것을 증명해줄 뿐만 아니라, 그들이 자기 아이의 '살결'을 기억하고 있다는 것을 말해준다.

특히 아빠들은 주로 손의 접촉을 통해 자기 아이를 더 잘 알아본다(그렇지만 엄마들은 아기의 뺨을 만지든 손을 만지든에 상관없이 아빠들보다 훨씬 더 쉽게 자기 아이를 식별할 수 있다). 이것은 신생아의 손이 다른 신체 부위들보다 훨씬 더 중요하다는 의미일까? 아마도 그런 것 같다. 게다가 아빠들이 주로 아기의 손을 만지면서 아기와 놀고 자극하는 경향이 많다는 것을 보여주는 많은 연구들도 이 사실을 증명해준다(파크, 1979). 아빠들은 아기에 대해 아는 게 별로 없기 때문에 다른 유형의 접촉을 과감하게 시도하지 못하는 것이라고 생각해볼 수도 있다. 산부인과에 온 젊은 아빠들을 관찰해보면 이런 사실을 충분히 납득할 수 있다.

카이츠, 굿, 로켐, 아이델만은 사진을 가지고 자기 아이를 찾는 실험을 다시 시도했다(1988). 하지만 이번에는 엄마들뿐 아니라 아빠들도 실험에 참여시켰다. 그렇게 함으로써 연구팀은 출생 직후의 아기 사진으로 자기 자식을 알아보는 엄마와 아빠의 식별 능력을 비교할 수 있었다. 물론 아빠들은 신생아와의 접촉에서 엄마들과는 다른 특징을 갖고 있기 때문에 엄마들만큼 자기 자식을 잘 알아보지 못했을 거라고 예측하기가 쉬울 것이다. 하지만 실험 결과는 전혀 그렇지 않았다. 아빠들 역시 엄마들만큼 자기 자식을 식별해내는 놀라운 능력을 갖고 있었다!

이것은 아빠가 자기 아이를 아주 관심 있게 쳐다본다는 것을 의미한다. 엄마들 못지않은 관심으로……. 그 이유는 이 책에 소개된 두 번째 의문에서 이미 언급되었다(17쪽 참조).

| **결론** | 혹시 〈인생은 고요한 강물〉◆이라는 영화를 보았는가? 아니, 인생은 불안한 강물이라고? 하지만 안심해도 좋다. 자기 자식을 알아보는 데 있어서 아빠들도 엄마들 못지않은 전문가들이니까! 그러므로 산부인과 신생아실에서 우연히 아기가 뒤바뀌는 사고가 일어나지 않을까 불안해 하는 엄마, 아빠들이여, 마음을 푹 놓아도 될 것이다!

◆ *La via est un long fleuve tranquille.* 신생아실에서 자식이 뒤바뀌었다는 사실을 12년이 지난 후 알게 된 두 가정의 이야기를 익살스럽게 그린 프랑스 영화-옮긴이.

05

아기에게 말할 때 엄마의 표정은 달라질까?

엄마가 아기에게 말할 때는 목소리가 달라지고, 억양이 눈에 띄게 다정다감해지며, 음절과 음절 사이에 많은 틈을 두면서 아주 천천히 발음한다는 사실은 이미 잘 알려져 있다(예를 들면 퍼널드와 사이몬의 실험, 1984). 이런 현상은 아기에게 아주 유익한 듯하다. 아기는 엄마가 그런 식으로 말하는 것을 통해 말하는 법을 배우기 때문이다(32쪽 참조. 퍼널드, 1993). 수많은 연구들이 증명한 바에 따르면 아기들은 그런 식의 대화를 아주 좋아한다(예를 들면 쿠퍼와 애슬린의 실험, 1990). 설사 전혀 알아듣지 못하는 언어라 해도 그런 식으로 말을 하면 아기들은 아주 좋아한다(워커, 페그, 맥레오드, 1994).

그렇다면 엄마의 얼굴 표정은 어떨까? 아기에게 말할 때 엄마의 표정은 달라질까? 대답은 "당연히 그렇다!"이다. 2003년 종 연구팀이 실시한 연구에서 엄마들은 아기에게 말할 때 '세 가지 유형의 얼굴 표정'을 나타낸다는 것이 증명되었다.

이 연구는 캐나다 밴쿠버의 다문화 센터와 영국 콜롬비아 대학의 실험실에서 실시되었다. 20명의 엄마들(그들 중 10명은 중국어를 사용했고, 나머지 10명은 영어를 사용했다)이 생후 4~7개월의 자기 아기와 얼굴을 마주 보면서 이야기를 하는 동안, 연구팀은 그 장면을 비디오로 촬영했다. 연구팀은 촬영에 앞서 엄마들에게 다음과 같이 지시해두었다. "다음의 주제들 중 하나를 선택해 아기에게 짧은 이야기를 들려주세요. 당신이 병원에서 아기를 데리고 집으로 돌아간 첫날, 당신이 아기에게 제일 처음 젖을 먹였을 때, 당신이 아기에 대해 느끼는 감정들, 당신이 아기의 기저귀를 처음 갈아줬을 때 등등."

녹화된 영상을 분석한 결과, 엄마들은 자기 아기와 대화할 때 목소리뿐만 아니라 얼굴 표정까지 바뀐다는 사실이 증명되었다. 여러 가지 방법으로 평가가 실시되었다. 그런 다음 연구팀은 32명의 학생들에게 녹화 영상에 나타난 얼굴 표정들을 확인하고 판별하라고 지시했다. 그리고 학생들이 밝혀낸 세 가지 유형의 표정 중 각각의 경우에서 안면근육의 움직임도 평가했다.◆

또 다른 75명의 참여자들은 32명의 학생들이 앞서 밝혀낸 세 가지 유형의 표정들이 어떤 감정이나 대화 때 나타나는지 살펴보고 설명했다.

이 모든 것들을 종합적으로 평가한 결과, 엄마들의 얼굴에 나타난 표정은 다음과 같은 세 가지로 분류되었다.

◆ 이것은 에크먼과 프리센이 개발한 FACS(Facial Affect Coding Scheme : 얼굴 움직임 해독법)을 이용하여 실시되었다(1978). 이 해독법은 가시적으로 인지된 얼굴 표정이 어떤 근육의 움직임 때문에 생겨난 것인지 해부학적으로 상세하게 확인할 수 있는 방법이다. 이 해독법에서는 하나 또는 여러 개의 근육들이 수축하는 것을 움직임의 단위인 UA로 표시하며, 따라서 하나의 표정은 여러 개의 UA로 만들어진다. 다시 말해 얼굴 표정은 얼굴 근육들의 조합이다.

표정 A. 연민 / 안심시키기

표정 B. 놀라움

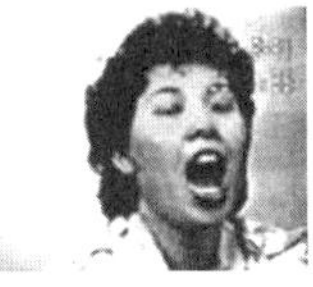

표정 C. 기쁨

- 표정 A : 엄마들이 아기에 대한 연민을 나타내거나 아기를 안심시키려고 할 때 나타난다. 엄마들은 자기가 아기를 몹시 염려하고 있다는 것을 이런 표정을 통해 아기에게 보여준다. 이 상황에서 엄마들이 "오오오"라는 소리를 내는 것도 아기를 안심시키고 아기에게 자신의 사랑을 보여주기 위한 것이다. 예를 들어보자. "오오오, 가엾은 우리 아기, 배가 고파서 울었어?"
- 표정 B : 긍정적인 놀라움을 나타내는 표정이다. 눈을 아주 크게 뜬 상태에서 눈썹을 치켜세우고 입은 약간 미소를 띤 것처럼 벌어져 있다. 엄마들은 이런 표정으로 자신이 깜짝 놀랐다는 것과 아기를 자랑스러워한다는 것을 전달하려는 동시에 아기의 관심을 불러일으키고자 한다. 이 경우에는 아기의 관심을 끌거나 자극하기 위한 소리를 내지 않

는다. 예를 들어보자. 놀란 표정에 뒤이어 "그런데 이 소리는 뭘까? 우리 아가가 트림을 했구나!"라는 식의 말이 따라온다.

- 표정 C : 이 표정은 부드러운 미소가 특징이다. 여기서 엄마가 아기에게 전달하려는 감정은 기쁨과 사랑이다. 엄마들은 이런 표정을 통해 아기를 만지고 싶은 강렬한 욕구와 더불어 아기에 대해 감탄하고 있다는 것을 보여준다.

이 결과들은 대단히 흥미로운 데다, 엄마와 아기의 상호적인 관계에서 얼굴 표정이 아주 중요하다는 사실을 분명하게 입증하고 있다. 또한 이 연구에 참여한 엄마들이 각기 다른 문화권 출신임에도 불구하고(중국인, 앵글로색슨족 등), 이러한 비언어적인 메시지들은 문화권과는 상관없이 모든 엄마들의 보편적인 특징이라는 사실이 드러났다.

뒤이어 제기된 의문은 '이런 표정들이 과연 어떤 효과가 있을까?' 라는 것이다. 여러 연구들은 부모의 얼굴 표정, 목소리의 변화, 신체 움직임이 아기와 긍정적인 상호관계를 유지할 수 있게 해준다는 사실을 증명했다. 또한 아기가 자신의 감정 상태를 조절하고 배우는 데에도 도움이 된다(파푸섹H. papousek, 파푸섹M. papousek, 쾨스터, 1986). 게다가 또 다른 한 연구는 아기가 어떤 낭떠러지를 건너가려는 순간에 엄마의 얼굴에 나타난 '두려움' 의 표정이 어느 정도까지 아기의 의지를 제지할 수 있는지 보여주었다(소르스, 엠데, 캄포스, 클리너트, 1985).

| 결론 |

엄마는 자신의 아기와 감정을 주고받을 때 세 가지 얼굴 표정을 이용하며, 이 표정들이 분명하게 구별되는 세 가지 역할을 한다는 것은 이제 확실한 기정사실이 되었다. 뿐만 아니라 이것은 거의 모든 문화권에 공통적으로 해당되는 사실인 듯하다. 결론적으로 말해서, 엄마가 아기에게 어떤 말을 할 때 그 어조를 보완해주는 특정한 얼굴 표정들이 있다. 하지만 아빠나 낯선 사람들이 아기를 대할 때에도 각각의 어조와 짝을 이루는 특정 표정들이 있는지는 아직 밝혀지지 않았다.

운율현상◆이 대화의 분절에 미치는 영향

06 당신의 아기를 '아가'라고 불러야 할까?

도 파 파# 솔

"그런데 어엄마아의 크은 애애기이이이이는 누우구우더라아아아???"

당신은 아기에게 말할 때, 노래하듯이 억양에 강약의 변화를 주고, 마치 이해력이 부족한 사람에게 말을 하는 것처럼 음절들을 길게 끌면서 천천히 발음하는가? 만약 그렇다면 당신은 분명히 자신이 바보 같다는 생각을 이따금씩 할 것이다. 그렇지 않은가?

그런데 아기에게 말할 때도 어른에게 하는 것처럼 말을 하면 아기들이 더 빨리 말을 배울 수 있다는 얘기가 오래전부터 입에서 입으로 전해져 내려오고 있다. 과연 정말로 그럴까?

언어 습득 과정을 전문적으로 연구하는 심리학 연구팀이 이 문제를 더 깊이 알아보기 위해 다음과 같은 실험을 했다.

◆ 말을 함에 있어서 나타나는 억양, 리듬, 중간 휴지. 각각의 운율현상들은 빈도, 높낮이, 강도, 지속시간 등에서 다양하게 나타난다.

티센, 힐, 사프란은 40명의 아기들을 실험에 참여시켰다(2005). 이 아기들은 생후 6개월 반부터 7개월 반 사이의 아기들이었다. 연구팀은 이 아기들에게 어떤 문장을 말하는 여자의 목소리를 녹음기로 들려주었다. 그 목소리는 아무런 의미가 없는 네 가지 단어를 발음했다. "디보(dibo), 쿠다(kuda), 라고티(lagoti), 니포파(nifopa)." 각 단어들 사이에 틈은 전혀 두지 않았다. 그래서 그 단어들 각각이 언제 시작되는지 분간하는 것은 불가능했다.

참여한 아기들 중 20명에게는 그 문장을 어른들이 일상적인 대화를 할 때 사용하는 어조로 들려주었다(조건 AD). 나머지 20명의 아기들에게는 어른들이 아기에게 말할 때 흔히 사용하는 것과 같은 어조, 리듬, '과장된' 어투로 들려주었다(조건 ID). 두 조건 그룹의 아기들은 정확히 1분 동안 그 문장을 반복해서 들었다. 그런 다음 한 조건의 아기들에게는 그 문장에 나온 단어들(예를 들어 '디보')을, 다른 조건의 아기들에게는 그 단어들의 양끝을 혼합한 음절(예를 들어 '디다')을 들려주었다. 그리고 단어가 발음되는 것과 동시에 벽에서 불빛이 깜빡거렸다. 아기가 불빛을 쳐다보는 동안 그 단어가 계속 반복되었고, 아기가 불빛에서 시선을 돌릴 때 녹음기의 목소리가 중단되었다(그 이전에 실시된 연구들에서, 아기들은 자기가 아는 단어가 들릴 때 불빛을 더 오래 쳐다본다는 사실이 이미 증명되었다). 연구팀은 두 조건들에서, 단어들을 들려줄 때와 단어들의 양끝을 들려줄 때 아기가 불빛을 쳐다본 시간을 측정했다.

그 결과, 전 단계에서 과장된 어조와 억양(조건 ID)으로 발음되는 문장을 들었던 아기들은 그 문장의 단어들을 더 쉽게 인지했다. 다시 말해, 아기들은 단어들의 양끝을 조합한 새로운 단어를 말할 때보다는 문장 속에 들어 있는 단어들을 들을 때 불빛을 더 오랫동안 쳐다보았다. 반대로 조건 AD에서 아기들은 대체로 불빛을 덜 쳐다보았고, 문장 속에 등장했던 단어들을 들려줄 때나 단어들의 양끝을 들려줄 때나 차이를 보이지 않았다.

따라서 분명한 단어들로 이루어진 문장의 분절은 조건 ID에서 더 용이한 것으로 나타났다. 조건 ID에서 문장을 들었던 아기들은 그 후 그 단어들을 들을 때 25% 더 오랫동안 귀를 기울였다.

| 결론 | 아기가 말을 빨리 배울 수 있게 하려면, 부모가 아기에게 말할 때 어른에게 말하는 것처럼 해야 한다는 얘기를 자주 들어왔을지도 모른다. 하지만 실험 결과들은 오히려 그 반대라는 것을 증명하고 있다. 우리의 어머니들이 수세기 동안 그래왔던 것처럼, 아기에게 말할 때는 과장된 어투와 표현을 사용하도록 하라. 사실, 모음을 길게 끌고 어조를 과장되게 강조하는 이러한 방식은 언어 학습에 상당히 효과적인 듯하다(부모들의 본능이야말로 그 무엇보다 정확하다). 게다가 아기는 과장되게 말하는 조건 ID의 방식을 아주 좋아한다는 사실을 당신 역시 당신의 아기를 통해 실제로 확인할 수 있을 것이다.

아기들은 사랑이나 연민 등 긍정적인 감정이 담겨 있는 언어표현들을 더 좋아한다는 사실이 여러 연구들을 통해 증명되었다(예를 들면 싱, 모건, 베스트, 2002. 기타무라, 번햄, 1998). 뿐만 아니라 티센과 그 동료들이 실시한 연구 결과들은 그런 언어표현들이 오히려 아기의 언어 습득 능력을 향상시킨다는 사실을 증명했다. 그러므로 계속 그런 식으로 아기에게 말하도록 하라.

아기는 성인들의 대화에서처럼 문장들이 단조롭게 표현되었을 때(조건 AD)보다는 조건 ID로 발음될 때 문장 속의 특정 단어들을 더 쉽게 인지했다. 짧은 문장, 느린 리듬, 노래하는 듯한 목소리는 아기가 한 문장 속에서 단어들을 분류해내고, 그 단어들이 어디서 시작되고 끝나는지 인지하고◆ 그것들을 다른 소리들과 구분하는 데 도움을 준다.

당신은 아기에게 그런 식으로 말할 때 스스로가 약간 바보 같다는 생각을 한다. 하지만 어른들에게 하는 것처럼 말하기보다는 아기들에게 하는 방식으로 말을 하게 되면◆◆ 아기는 말을 더 빨리 배우게 될 것이다. 그러므로 이제 더 이상 자신이 바보 같다는 어리석은 생각은 하지 말자. 아기에게 말할 때는 목소리의 높낮이를 바꾸고 말의 리듬을 바꾸어라. 바로 그 순간 당신은 아기에게 최초의 대화법을 가르치고 있는 것이다!

◆ 아기는 언어에서 단어들을 찾아내기 위해 자신만의 특별한 방법을 이용한다. 즉 문장들의 운율을 분석하는 것이다. 아기는 우선 어떤 특징들(마지막 음절을 늘여서 발음하기, 억양 낮추기)을 기준으로 그 대화를 보다 작은 단위들로 분류한다(일반적으로 하나의 운율 그룹이 끝나는 것을 하나의 단위로 간주한다). 그런 다음 아기는 그 단위들 각각에서, 서로 다른 음소들 간의 변화 가능성을 분석한다. 이런 과정을 통해 아기는 가장 빈번한 음소들을 점차로 발견할 수 있게 된다. 아기가 얼마만큼 뛰어난 통계학자들인지 알아보려면, 사프란, 애슬린, 뉴포트의 〈생후 8개월 된 영아들의 통계학적 학습〉(*Science*, 1996, 274, 1926~1928)을 읽어보라.

◆◆ 특히 어떤 단어를 다른 단어로 대체해 사용하는 것(예를 들어, 자동차를 "띠띠빵빵"이라고 말하거나, 오토바이를 "부릉부릉"이라고 말하는 것!)과 '아기에게 과장된 어투로 말하는 것'을 혼동하지 않도록 주의하라. 그 둘은 완전히 다른 것이다.

식사 때의 모방 행동

07

엄마는 따라쟁이일까?

당신이 아기에게 뭔가를 말할 때 당신 자신의 모습을 볼 수 있도록 아기 뒤쪽에 거울을 놓아두어라. 그러면 아주 놀라운 사실을 발견하게 될 것이다. 예를 들어 아기에게 음식을 먹일 때를 생각해보자. 엄마가 음식을 아기에게 먹이려고 "아!" 하고 입을 벌릴 때 아기도 따라서 입을 벌리는 장면이 떠오르는가? 그런데 과연 여기서 먼저 입을 벌리는 사람이 엄마가 맞을까?

오툴과 더빈은 이 의문을 확인하기 위해 실험을 실시했다(1968). 그들은 처음에는, 자기 아이가 될 수 있는 대로 많이 먹기를 바라는 마음에서 엄마가 먼저 입을 크게 벌리는 거라고 생각했다.

이를 정확히 알아보기 위해 연구자들은 엄마와 아기의 상호적인 행동들에 관해 보다 체계적인 관찰을 실시하기로 했다. 그런데 그 결과는 대단히 놀라웠다. 아기가 입을 벌린 후에 엄마가 따라서 입을 벌리는 경우가 80%였기 때문이다. 다시 말해서, 아기가 엄마를 따라하는 게 아니라 엄마가 아기를 따라하는 것이었다! 아기는 자기 눈앞에 보이는 것이 먹을 것이라는 사실을 알아차렸을 때에야 입을 벌렸다.

관찰 대상이 된 엄마들 중에서 식사가 끝난 뒤 자기가 아기를 따라했다는 사실을 인식한 엄마는 한 명도 없었다.

결론 식사 때 엄마는 아기가 입을 벌린 후에 아기를 따라서 입을 벌린다. 이는 엄마가 아기에게 음식을 더 많이 먹이기 위해 그런 행동을 하는 것만은 아니라는 사실을 의미한다.

엄마의 이런 행동은 공감, 다시 말해 상대방의 입장이 되어 그 기분이 어떨지 생각해볼 수 있는 능력에서 비롯된다고 보는 것이 훨씬 더 타당할 것이다. 상대방이 우리에게 소중하고 가까운 사람일수록 공감은 더욱 중요하다. 그러므로 엄마는 자기 아기에게 아주 많은 공감을 보여준다. 그것은 엄마와 아기의 관계를 더욱 원활하게 만들어주고 아기가 주변 환경에 잘 적응할 수 있게 해준다. 사실, 엄마는 자기 아기가 어떤 기분인지를 누구보다도 잘 파악하여 아기를 보호하고 아기에게 필요한 것들을 제공해줄 수 있다. 따라서 아기에게 음식을 먹일 때 엄마도 자연스럽게 같이 입을 벌리게 되는 것이다. 이는 당신의 부모나 친구가 신체적 통증으로 아파할 때 당신이 자기도 모르게 같이 아픈 것처럼 인상을 쓰며 듣는 것과 비슷한 이치다.

부모의 관심과 아기의 행동

08

아기에게 얼마만큼 신경을 써야 할까?

엄마나 아빠가 아기에게 어느 정도까지 신경을 써야 할지 아는 건 쉽지 않다.

어떤 엄마들은 아기의 발육이 늦어지지 않도록 하기 위해서는 가능한 모든 방법을 동원하여 아기에게 자극을 줘야 한다고 생각한다. 더욱이 엄마들은 "당신의 아기를 재능이 뛰어난 아이로 만들고 싶습니까? 그렇다면 아기에게 끊임없이 자극을 주세요!"라는 글을 어디선가 읽었다. 그래서 엄마들은 3초마다 아기의 손에 새로운 장난감을 쥐어준다. 엄마들은 생후 9개월도 채 안된 자기 아이가 두 개의 정육면체를 끼워 맞추지 못하는 걸 보고 불안해 한다. 그런데 그 놀이상자에는 분명히 "생후 9개월부터"라고 쓰여 있다!

엄마들은 단 한순간도 아기를 가만 놔두지 않는다. 아기의 빠른 발육을 위해서는 끊임없이 아기를 자극해야 한다는 강박관념에 시달리고 있기 때문이다. 그래서 불과 15분 동안에 엄마들은 아기에게 손에 쥐고 놀 수 있는 장난감을 주었다가, 이내 동화책을 과장된 목소리로 읽어주고, 그러다가 얼마 지나지 않아 백화점에서 아주 비싸게 구입한 동요 베스트

CD를 들려준다. 아기는 잠시도 쉴 틈이 없다. 잠잘 시간에도 쉬지 못한다. 아기의 침대 위 천장에는 앞으로 외워야 할 알파벳 철자들이 형광색으로 반짝이고 있다.

반면, 무릎에 작은 기린 인형을 올려놓은 채 텔레비전 앞에 놓인 아기용 의자에 앉아, 식사 시간을 제외하고는 아무것도 하지 않으면서 대부분의 시간을 보내는 아기들도 있다. 엄마가 마치 '돌부처' 처럼 아기 옆에 가만히 앉아 있기만 하는 것이다. 하지만 이 또한 바람직하지 못하다.

아이에게 관심을 쏟는 문제에 있어서 올바른 접근방법이 필요하다는 것을 당신은 이미 알아차렸을 것이다. 그렇다면 부모는 아기에게 얼마만큼 신경을 써야 할까? 아기는 과연 부모가 어느 정도까지 자신을 챙겨주기를 원할까?

우선 '엄마가 아기에게 관심을 쏟는 것' 이 어떤 점에서 아기에게 바람직한지 알아보기로 하자.

소르스와 엠데는 '아기에게 관심을 쏟는 엄마의 태도' 가 아기의 탐구활동과 놀이에 미치는 영향을 알아보고자 했다(1981). 그들은 40명의 엄마와 아기들(생후 15개월)을 실험실로 부른 후 다음의 두 조건 그룹으로 나누었다.

- 첫 번째 조건의 엄마들 : '관심을 쏟지 않는 엄마 그룹' 으로 명명되었다. 다시 말해, 이 엄마들은 15분 동안 의자에 앉아 잡지를 읽고 있어야 했다. 그동안 아기들은 그 방 한가운데에서 놀고 있었다. 엄마들은 아이가 아무리 보채도 절대로 반응을 보이지 않아야 했다.

• 두 번째 조건의 엄마들 : '관심을 쏟는 엄마 그룹' 으로 명명되었다. 이 그룹의 엄마들은 잡지를 읽지 않았다. 그리고 첫 번째 그룹과는 달리, 자기 아기에게 마음대로 감정을 표현해도 된다는 허락을 받았다.

아기는 작은 카펫 위에 앉아 장난감을 가지고 놀고 있었다. 그러다가 어느 순간, 원격 조종으로 움직이는 로봇이 방 안에 나타나 아기에게 접근했다. 연구자들은 두 조건 그룹(관심을 쏟는 엄마 그룹과 관심을 쏟지 않는 엄마 그룹) 각각에서 아기들의 행동을 자세히 관찰했다.

그 결과, 엄마의 태도가 아기의 행동에 상당한 영향을 미치는 것으로 나타났다. 관심을 쏟지 않는 엄마 그룹의 아기들은 덜 쾌활하고 덜 활동적이었다. 뿐만 아니라 로봇에 대한 관심과 탐구적 행동(시각적 탐구와 촉각적 탐구) 역시 미약했다. 반대로 엄마의 감정 표현이 허용되었던 그룹에서는 상황이 뚜렷하게 달라졌다. 이 그룹의 아기들은 로봇을 만지면서 호기심을 보였고 그 상황에 아주 쉽게 적응했다(하지만 다른 그룹의 아기들은 감히 로봇을 만지지도 못했다).

이 실험은 엄마가 아기 옆에 있는 것만으로는 충분하지 않으며, 엄마가 아기에게 '실제적인 관심' 을 보여줄 때 탐구적인 행동을 더 많이 유발할 수 있다는 것을 보여준다.

하지만 어떤 식의 관심을 보일 것이냐 역시 명확히 해야 할 필요가 있

◆ 부모가 아기에 대한 관신과 배려의 정도를 적절히 조절하는 상태를 가리킨다. 페쇠, 『반응(*Responsiveness*)』(1990) 참조.

다. 사실, 엄마(또는 아빠)가 아기의 요청에 어떤 식으로 반응을 보이느냐가 특히 중요하다. 엄마는 아기를 격려할 수도 있고(즉 아기의 관심을 자극하고 이런저런 장난감을 가지고 놀도록 부추기는 것), '아기에게 맞춰진'◆ 방식으로 반응할 수도 있다. 엄마가 아기의 요구에 즉각적이면서도 적절하게 반응할 때 아기는 그 상황에 성공적으로 적응하게 된다. 다른 한편으로, 엄마가 끊임없이 아기 대신 나서지 않을 때에도 아기는 그 상황에 성공적으로 적응하게 된다.

그렇다면 아기를 자극해야 할까, 아니면 아기에게 맞춰서 반응해야 할까?

1978년 릭센-월레이븐은 이 의문에 대한 해답을 알아보기 위해 실험을 실시했다. 이 실험에서 그는 생후 9개월 된 100명의 아기들의 부모들에게 아기와 놀이를 하는 동안 일정한 방식으로 행동하라고 미리 지시했다. 실험의 첫 단계에서 '자극'과 '맞춰주기'의 정도가 비교적 낮았던 부모들이 선별되었다.

선별된 부모들 중 한 그룹은 3개월 동안 자기 아이를 '자극'해야 했고, 나머지 한 그룹은 '아기에게 맞추는' 방식으로 반응해야 했다. 그 결과는 다음과 같았다.

- 3개월 동안 '자극을 받아온' 아기들은 그렇지 않은 아기들에 비해 제시된 물건들에 더 빠르게 적응했다.
- 부모가 아기의 요구에 '맞춰주었던' 그룹의 아기들은 그 물건들에 더 많은 관심을 보였고, 그 물건들 간의 차이점들을 더 잘 알아차렸다.

릭센-월레이븐의 주장에 따르면, 부모가 '제대로 맞춰서' 반응할 경우 아기는 자신감이 더 커지고, 따라서 탐구심도 더 강해지며 보다 대담한 행동들을 하게 된다.

| 결론 | 엄마나 아빠가 식사나 배변을 챙겨주는 것 이외에는 아무것도 하지 않고, 신문을 읽으면서 그냥 아기 옆에 있는 것만으로는 충분하지 않다. 아기에게 관심과 배려를 보여주는 것은 아기의 정서적, 사회적, 탐구적 행동 발달에 대단히 중요한 영향을 미친다.

하지만 이러한 관심과 배려의 정도를 적절히 조절해야 한다. 대부분의 부모들은 아기의 요구들에 '맞추는' 법을 배워야 한다. 그들이 아기의 요구에 적절하게 반응을 보이면, 아기는 자기가 자신의 환경에 영향을 미칠 수 있다는 것을 이해하고, 타인들이 어떤 행동을 할 것인지 짐작하게 될 것이다. 만약 부모들이 아기가 뭔가를 원할 때마다 즉각적으로 반응하지 않고 아기에게 약간의 시간을 준다면, 아기는 더 큰 자신감을 느끼고 탐구심을 더욱 발달시키게 될 것이다.

부모들이여, 당신의 아기가 무엇을 요구할지 미리 예상하고 앞질러가지 않도록 주의하라. 꼭 필요한 상황, 예를 들어 아기가 새 장난감에 제대로 적응하지 못하거나, 엄마나 아빠가 자기에게 관심을 가져주기를 바라는 경우에만 개입하도록 하라.

09

병원에 가보지 않고도 태아의 성별을 알아맞힐 수 있을까?

만일 당신이 임신을 했다면, 사람들은 당신에게 건강이 어떠냐고 묻기 전에 이런 질문부터 할 것이다. "아들인 것 같아요? 딸인 것 같아요?"

당신이 잘 모른다고 대답할 경우 그들은 이렇게 말할 것이다. "배 모양이 둥글면 딸이고, 배가 뾰족하게 튀어나와 있으면 아들이야." 아니면 "임신 기간 동안 성욕이 떨어지면…… 아들이야! 반대로 성욕이 더 커지면 그건 분명히 딸이야." 또는 "만약 임신선이 짧으면…… 아들이야! 임신선이 길면…… 딸이고!" 또는 "기분이 우울하고 왼쪽 옆구리가 무거워? 그러면 그건 분명히 아들이야! 기분이 아주 좋고 오른쪽 옆구리가 무거워? 그럼 그건 틀림없이 딸이야!"

민간에서 태아의 성별을 예측하는 방법들은 너무도 많다. 그리고 흔히 그 감별법들은 대단히 기발하고 기상천외하다. 물론 오늘날에는 초음파 검사 덕분에 그런 민간 감별법들이 별로 이용되지 않고 있다. 초음파 검사를 통해 태아의 성별을 빠르게 알아낼 수 있기 때문이다.◆ 하지만 어떤 부모들은 의사에게 딸인지 아들인지를 자신들에게 알려주지 말아달라고 부탁한다. 태어날 아이의 성별을 미리 알고 싶어하지 않는 것이다. 그것은 그들이 태아의 성별이 아니라 오로지 산모와 아기의 건강에 관심을 가지고 있기 때문일 수도 있고, 아기가 탄생하는 순간에 아들인지 딸인지 알게 되는 기쁨과 놀라움을 한껏 만끽하고 싶기 때문일 수도 있다(우, 아이히만, 1988).

그럼에도 불구하고 어떤 연구자들은 민간에서 사용되어온 태아 성별 감별법들이 타당성이 있는지 알아보고자 했다. 그중에는 비논리적이고 기상천외한 방법들도 많지만, 또 어떤 방법들은 생물학적으로 일리가 있는 것일 수도 있기 때문이다.◆◆

심리학자 페리, 디 피에트로, 코스티간은 같은 병원에서 태아의 성별을 모르는 임신 18주째의 여성 104명을 선별했다(1999). 그 임산부들이 태아의 성별을 모르는 주된 이유는 아기가 탄생하는 순간에 기쁨과 놀라움을 느끼고 싶어했기 때문이었다. 그녀들이 아기의 성별(아들일까? 딸일까?)에 관해 어떤 예측을 하는지 알아보기 위해, 연구팀은 설문 조사를

◆ 1996년, 472명의 여성들을 대상으로 임신 5개월째에 초음파 검사를 실시한 한 연구에서, 피험자들 중 75%는 태아의 성별을 알고 싶어했다. 초음파 검사로 그중 97%의 여성들에게 태아의 성별을 정확하게 알려줄 수 있었다(실패율 3%). 그리고 그중 10%의 경우에는 태아의 성별을 판단할 수 없었다(해링턴, 암스트롱, 프리먼, 아퀼리나, 캠벨, 1996).

◆◆ 예를 들어, 임산부가 입덧과 구토를 심하게 하면 태어날 아기가 딸이라는 생각은 과학적인 근거를 가지고 있다. 임신 기간 동안 구토증세 때문에 병원에 입원한 임산부 66명 중 44명이 딸을 낳았다(수, 워터, 1993). 이것은 태아가 딸일 경우 태아의 생식선 자극 호르몬(또는 수태 촉진 호르몬인 고나도트로핀)이 계속 증가하기 때문에 일어나는 증상일 수도 있다. 하지만 태아의 심장이 빠르게 뛴다면 딸이라는 생각은, 임신 기간의 다양한 순간들에 실시된 많은 실험 결과들을 참조해볼 때 잘못된 통념임에 분명하다(예를 들면 페트리, 세갈로비츠, 1980).

실시했다. 또한 임산부들이 어떤 근거에서 그런 예측을 하는지에 대해서도 물어보았다(이전 임신과의 비교, 태몽, 뱃속의 아기가 자리 잡고 있는 형태, 느낌, 믿음 등). 그런 다음 신생아들의 정확한 성별을 확인하기 위해 그 여성들이 분만할 때까지 기다렸다. 그 결과, 연구팀은 엄마들이 설문에 답했던 내용과 아기의 실제적인 성별 간의 상관성을 확인할 수 있었다.

최종적인 확인 결과, 임산부들은 태어날 아기의 성별을 대부분 잘못 예측하고 있었다. 그리고 그녀들이 제시한 이런저런 다양한 태아의 성 감별법들은 정확도가 대단히 낮은 것으로 나타났다. 이전에 출산 경험이 있는 여성들의 예측이 초산인 여성들의 예측보다 더 정확하지도 않았다. 하지만 연구팀은 이 수치들을 좀더 연구해나가면서 뭔가 흥미로운 점을 발견했다.

교육 정도가 높은 엄마들(고졸 이상)은 71%까지 자기 아기의 성별을 정확하게 알아맞혔다. 반면에 교육 정도가 상대적으로 낮은 엄마들은 43%만이 제대로 성별을 알아맞혔다. 더욱이 태몽이나 개인적인 느낌에 근거하여 성별을 예측했던 엄마들이 민간 감별법들을 이용한 엄마들에 비해 태아의 성별을 훨씬 더 정확하게 알아맞혔다(전자 65%, 후자 41%).

이런 결과들이 나타난 이유는 무엇일까? 안타깝게도 그 이유는 아직 연구자들도 알아내지 못했다.

결론 연구 결과들에 따르면, 일반적으로 여성은 이 분야에서만큼은 훌륭한 예언가가 아니다. 학력 수준이 높은 엄마들이 그렇지 않은 엄마들보다 태아의 성별을 좀더 정확하게 예측하는 것으로 나타나긴 했지만, 그 원인이 무엇인지는 여전히 풀리지 않고 있다.

태어날 아기의 성별을 알아맞히고 싶다면, 민간에 떠도는 성 감별법들을 무시하라. 그것보다는 차라리 태몽이나 당신이 느끼는 감각에 근거하여 예측하라. 그게 오히려 정확하게 들어맞을 확률이 약간 더 높을 것이다.

10

행복하려면 아기를 많이 낳아야 할까?

어떤 사람들은 자녀가 많을수록 더 행복하다고 말한다. 하지만 정말로 그럴까? 정말로 행복은 자녀의 수와 비례하는 걸까?

펜실베이니아 대학과 남 덴마크 대학에 재직 중인 세 명의 심리학자들(쾰러, 베어만, 스키트)이 이 문제에 관심을 가지고, 행복과 자녀 수의 상관관계를 알아보기 위해 실험을 실시했다(2002).

그들은 1931~1982년에 덴마크에서 태어난 수천 명의 쌍둥이들(성별 제한 없음. 실험년도 기준 25~70세)을 대상으로 실시했던 설문을 이용했다. 설문지에는 온갖 종류의 질문들이 포함되어 있었다. 피험자들의 건강, 몸무게, 키, 교육 수준, 직업, 흡연 유무, 그들이 낳은 자녀의 수와 성별, 결혼한 나이, 처음 자식을 낳았을 때의 나이 등등.

또한 연구자들은 그 쌍둥이들이 느끼는 삶에 대해 전반적인 만족도, 즉 행복의 정도를 측정하기 위해 다음과 같은 질문들을 제시했다. "모든 측면을 고려해볼 때, 당신은 당신의 인생에 어느 정도로 만족합니까?" (대단히 만족한다, 만족한다, 만족하지 않는다, 전혀 만족하지 않는다). 물론 질문을 받은 사람들은 연구팀이 제시한 질문들이 행복감의 정도를 측정하기 위한 것이라는 사실을 몰랐다. 그 결과 다음과 같은 사실들이 드러났다. 우선 25~45세의 쌍둥이들의 경우를 살펴보자.

25~45세의 피험자들은 전반적으로 행복하다고 답했다. 그리고 그중 50%는 "대단히 만족한다"고 답했다. 그러나 가장 흥미로운 것은, 첫아이를 낳은 쌍둥이들은 그렇지 않은 쌍둥이들보다 훨씬 더 행복하다고 말했다는 사실이다. 첫아이를 낳은 것은 행복감을 크게 증가시킨다. 심지어 첫아이가 아들일 경우 아이 아빠들이 느끼는 행복감은 75%까지 증가했다. 둘째아이부터는 출산이 여자들의 행복감에 부정적인 영향을 미치는 반면, 남자들에게는 아무런 영향도 미치지 않는 것으로 나타났다. 여자들의 경우, 첫아이를 낳은 이후로 아이들을 한 명씩 더 낳을 때마다 행복지수가 13%씩 감소되었고, 첫아이 이후 세 명의 아이를 더 낳은 경우 첫아이에게서 비롯되던 긍정적인 영향이 거의 완전히 사라졌다.

다른 한편, 50~70세의 사람들의 경우에는, 널리 인식된 생각과는 달리 자녀의 유무가 행복감에 영향을 미치지 않는 것으로 나타났다.

결론 자녀 수와 행복의 상관관계에 근거한 이 연구의 결과들은 대단히 놀랍다. 하지만 이는 단지 일반적인 만족감에 관한 것이라는 사실을 유의해야 한다. 부모가 각각의 자녀에게 가지는 사랑과 이 감정을 혼동해서는 안 된다. 이 두 가지는 전혀 다른 것이며, 이 연구는 자녀들 각각에 대한 부모의 사랑이라는 문제와는 아무런 관계가 없다.

2장

아기의 오감

100 petites expériences de psychologie pour mieux comprendre votre bébé

11

아기는 언제부터 선명히 앞을 볼 수 있을까?

아주 오랫동안, 아기는 태어날 때 앞을 전혀 못 본다거나, 오랜 시간이 지난 후에야 사물을 정확하게 볼 수 있다고 생각되어왔다. 그러나 오늘날에는, 비록 미성숙한 상태이긴 하지만, 태어난 지 몇 시간만 지나면 아기도 앞을 볼 수 있다는 사실이 널리 알려져 있다.

신생아의 시력은 성인의 시력보다 약 60배 정도 약하다. 다시 말해 신생아는 세부적인 것들을 자세하게 인지하지 못한다. 하지만 생후 6개월이 지났을 때 아기의 시력은 성인보다 5배 정도밖에 약하지 않다(팬즈, 오디, 유델프, 1962). 여기서 문제는 눈의 조절 능력, 즉 먼 곳을 보거나 가까운 곳을 볼 때 수정체가 자동적으로 두꺼워졌다 얇아졌다 하면서 망막에 초점을 잡는 능력이 아직 발달되지 못했기 때문일까? 아기는 초점을 제대로 조절하지 못한다. 즉 이미지를 흐릿하게 인지한다. 하지만 20~75센티미터 앞에 있는 이미지들은 비교적 잘 인지한다. 그 정도 거리에서는 어느 정도 눈을 조절할 수 있기 때문이다(뱅크스, 1980).

생후 2개월부터는 눈의 조절 능력이 빠르게 발달하기 시작한다. 그리고 놀랍게도, 생후 3개월 반이 되면 아기의 시각 조절 능력은 어른보다 더 뛰어나게 된다. 그래서 아기는 5센티미터 거리에 있는 물체도 선명하게 볼 수 있다. 하지만 어른의 경우는 그렇지 않다(애슬린, 1985). 지금 당장 5센티미터 거리에서 이 책을 읽어보라!

시야의 경우, 성인의 시야가 180도 정도라고 한다면 신생아의 시야는 60도 정도밖에 되지 않는다. 신생아의 시야는 생후 첫 2개월 동안 서서히 발달하다가, 그 이후로 생후 8개월까지 빠르게 발달한다(슈바르츠, 돕슨, 산드스트롬, 반 호프-반 두인, 1987).

다음 A와 B에 제시된 일련의 사진들은 엄마가 아기 방의 문턱(아기에게서 3미터 정도 떨어진 거리)에 있을 때보다는 아기에게서 30센티미터 정도 떨어진 거리에 있을 때 아기가 훨씬 더 선명하게 엄마의 모습을 인지한다는 것을 보여준다.

인간의 시각에 있어서, 아기의 눈이 움직이는 방식에 대해서는 아직도 의

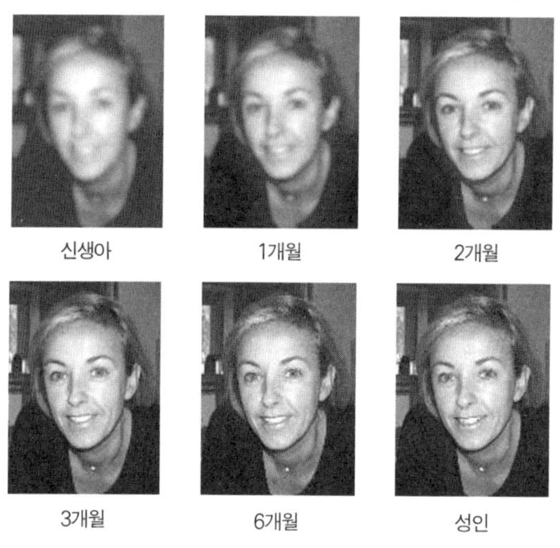

A. 연령에 따라 30센티미터 거리에서 보이는 이미지.

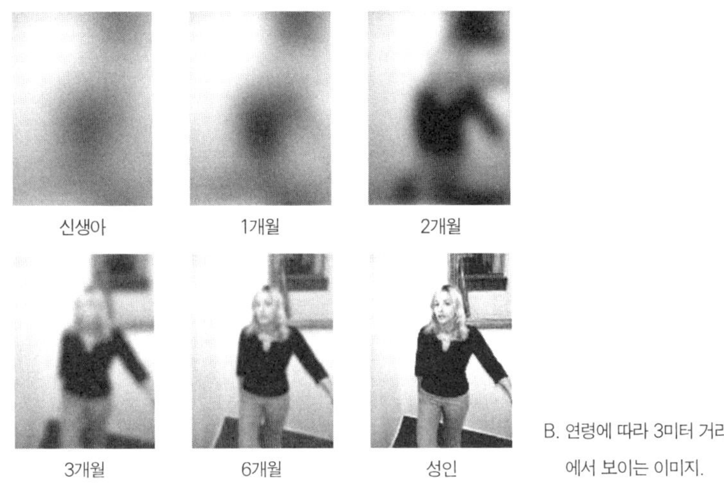

B. 연령에 따라 3미터 거리에서 보이는 이미지.

문이 있다. 당신이 어떤 물체를 눈으로 쫓아갈 때, '눈 추적' 다시 말해 '안구의 움직임' 은 완만하게 이루어진다. 하지만 아기도 당신과 똑같을까?

연구팀은 아기의 눈 추적이 '완만' 하게 이루어지는지, 아니면 '급격하고 불규칙하게' 이루어지는지 알아보기 위해 아기들에게 흰 바탕 위에서 이동하는 검은 물체를 보여주었다.

연구팀은 신생아들과 생후 5주일 된 아기들은 어떤 물체가 이동할 때 그 물체를 눈으로 따라갈 수 있지만, 그 물체가 빠르게 이동할 때부터는 눈 추적이 급격하고 불규칙하게 일어난다는 사실을 발견했다(루쿠, 퀼레, 루쿠, 1983. 크레메니처, 본, 쿠르츠베르그, 다울링, 1979).

또 다른 연구자들이 이동하는 이미지를 눈으로 추적하는 아기의 능력을 측정하기 위해 다른 방법을 이용해 실험한 결과, 신생아들 중 40%가 물체가 8헤르츠의 속도로 이동할 때 완만하게 물체를 추적한다는 사실이 증명되었다(샤를리에, 뷔케, 드슈미트, 케를뢰, 1993).

빠른 속도에도 완만하게 눈 추적을 할 수 있으려면 생후 12개월이 지나야 한다.

| 결론 | 이 모든 연구들은 아기의 시각이 성인의 시각에 비해 제한적이긴 하지만 분명히 '기능'을 하고 있다는 것을 증명해준다. 신생아는 사물을 흐릿하게 보지만, 시간이 흐를수록 점점 더 선명하게 보게 된다. 갓 태어난 아기는 당신의 눈, 입 심지어 당신이 아기를 품에 안고 있을 때 당신 콧등의 점이나 잔털까지도 충분히 인지할 수 있다. 생후 몇 주가 지난 아기의 경우에는 당신이 방 안에서 천천히 움직일 때 눈으로 당신을 쫓을 수 있지만, 그보다 조금 더 지난 후에는 당신이 웬만큼 빠르게 이동한다 해도 당신을 따라 시선을 옮길 수 있다.

12

아기는 누나의 미소 짓는 얼굴과 세탁기 중 어떤 것을 더 좋아할까?

아기는 물체보다 사람 얼굴에 더 '민감' 할까? 이 의문에 관한 여러 연구의 결과들을 보면 분명히 그렇다는 것을 알 수 있다.

고렌, 사티, 우는 같은 산부인과 병원에서 태어난 9분 된 신생아 40명에게 정상적인 얼굴과 눈, 코, 입의 위치가 뒤바뀐 비정상적인 얼굴들을 보여주었다(1975). 그 결과 아기들이 비정상적인 얼굴보다는 정상적인 얼굴을 더 오래 집중하여 본다는 사실을 발견했다.

시각적 판별은 태어날 때부터 할 수 있는 게 분명한 듯하다. 그리고 시각적 인지는 선천적인 능력이다. 하지만 아기가 사람의 얼굴을 아직 한 번도 본 적이 없는 데도 불구하고 '표준적인 얼굴' 을 선호한다는 사실은, 얼굴에 대한 자연스러운 반응이 태어날 때부터 나타난다는 것을 시사한다. 다른 여러 연구들 역시 그 사실을 뒷받침해준다(존슨, 지우라비에크, 엘리스, 모턴, 1991. 우밀타, 시미온, 발렌자, 1996).

심리학자들은 보다 심층적인 연구를 실시했다. 그 결과, 태어난 지 몇 시간 된 신생아들에게 다양한 물체를 보여주었을 때, 아기들이 물체의 아랫부분보다는 윗부분을 더 많이 쳐다본다는 사실을 발견했다. 이것은 태어날 때부터 아기가 사람의 얼굴을 인지하는 능력을 가지며, 그러한 인지 능력은 경험을 통해 점차 더 발달한다는 것을 입증해준다고 할 수 있다.

게다가 생후 4~7시간 된 신생아들에게 같은 플라스틱으로 만든 입방체와 얼굴 모형을 충분한 시간 동안(12분) 보여주었을 때, 아기들은 움직임이 없는 플라스틱 얼굴에 특히 더 반감을 나타냈다. 이 실험의 첫 단계에서 아기들은 입방체보다는 플라스틱 얼굴을 더 많이 관찰했지만, 그 후로는 입방체만을 계속 쳐다보았다(랑게르, 세치니, 라이, 마르고지, 타에슈너, 1998). 신생아들은 플라스틱 얼굴이 말을 하고 움직이기를 기다렸던 것 같다. 하지만 플라스틱 얼굴이 움직일 리 없었고, 이에 실망한 아기들은 그 얼굴을 외면하게 된 것이다(반면, 플라스틱 입방체는 아기들의 기대를 저버리지 않았기 때문에 아기들의 시선을 계속 받을 수 있었다).

신생아들은 사람의 얼굴이 잠재적으로 움직일 가능성이 있음을 알고 있다. 또한 그들은 사람 얼굴이 어떤 것인지, 사람 얼굴이 아닌 것은 어떤 것인지를 인식하는 선천적인 능력뿐만 아니라, 움직임에서 생물과 무생물의 차이를 알아보는 선천적인 능력도 갖고 있다.

결론 아기가 어떤 얼굴에서 무엇을 인지하는지 우리가 명확하게 알 수는 없다. 하지만 아기가 물체보다는 사람의 얼굴에 더 많이 반응하는 것은 확실하다. 아기가 사람의 얼굴을 좋아하는 것은 사람의 얼굴이 항상 움직이기 때문이다. 그렇다면 무표정한 얼굴은 어떨까? 침대에 누워 있는 아기를 몇 분 동안 무표정한 얼굴로 쳐다보라. 그러면 아기는 전혀 좋아하지 않을 것이다. 예를 들면 생후 6주일 된 아기들은 어른이 갑자기 말을 멈추고 표정을 굳히면 슬퍼한다(구셀라, 뮈어, 트로닉, 1988).

13

아기는 팔이 셋 달린 사람과 눈이 셋 달린 사람 중 누구를 보고 더 놀랄까?

아기는 정상적인 아빠를 본 다음날 머리 위에 다리가 달린 아빠를 보면 이상하게 생각할까? 퀸스랜드 대학과 덴버 대학의 심리학자들인 슬로터, 스톤, 리드는 아기가 생후 몇 개월부터 인간의 신체와 얼굴의 형태 및 구조를 식별할 수 있는지 알아보고자 했다(2004).

그들은 생후 12~18개월의 아기들에게 사람의 얼굴과 신체들을 담은 네 가지 영상을 보여주었다. 그 영상들 중에는 '전형적인' 얼굴 이미지(정상적인 얼굴)와 눈, 코, 입이 제자리에 있지 않은 얼굴 이미지(예를 들어 입 아래 코가 있는 비정상적인 얼굴)가 있었다.

신체 이미지들의 경우, 그중 한 그룹의 아기들에게는 '전형적인' 신체를 보여주었고, 다른 한 그룹의 아기들에게는 각 부위의 위치를 뒤바꿔놓은 신체, 즉 사지가 제자리에 붙어 있지 않은 신체(예를 들어 머리에 팔이 달린 신체)를 보여주었다. 그리고 아기들이 네 가지 이미지를 쳐다본 시간을 각각 기록했다. 그 결과 다음과 같은 사실이 밝혀졌다.

가장 어린 아기들(생후 12개월)의 경우에는 '전형적인' 신체 이미지와 위치가 뒤바뀐 신체 이미지를 바라보는 시간 차이가 별로 없었다. 반면에 아기들이 두 종류의 얼굴 이미지를 쳐다볼 때는 위치가 뒤바뀐 얼굴을 더 오랫동안 쳐다보았다. 이것은 아마도 아기들이 위치가 뒤바뀐 얼굴 이미지를 놀라운 것으로 받아들였기 때문일 것이다.

보다 나이가 많은 아기들은 반대로 두 종류의 신체 이미지를 바라볼 때 더 큰 시간 차이를 보였다. 아기들은 '전형적인' 신체 이미지보다는 위치가 뒤바뀐 신체 이미지를 더 오랫동안 관찰했다. 보다 나이가 많은 아기들의 이런 행동 역시 놀라움의 표시라고 할 수 있다.

결론 이 실험 결과는 아기에게 있어서 사람 얼굴에 대한 기대치가 사람의 신체에 대한 기대치보다 더 빨리 발달한다는 것을 보여준다. 아기는 신체의 정상적인 구조를 식별하기 전에 얼굴의 정상적인 구조를 더 빨리 식별하는 것이다.

아기는 왜 그런 과정을 발달시키는 것일까? 아마도 아기에게는 얼굴을 알아보고 인식하는 것, 즉 자기를 돌봐주는 사람들의 얼굴을 인식하는 능력은 아주 중요하다. 얼굴에 대한 식별 능력을 발달시키는 것은 아기가 환경에 적응하도록 도와줄 뿐만 아니라, 심지어 생사가 걸린 문제이기도 하기 때문이다. 어른인 우리조차도 얼굴에 아주 세심한 주의를 기울이지 않는가?

결론적으로, 아기는 엄마와 아빠의 신체보다는 엄마의 미소나 아빠의 감탄 어린 시선을 더 빨리 알아본다.

14

아기는 언제부터 거울 속의 자기 모습을 알아볼까?

아기가 알아채지 못하게 아기의 콧등에 빨간색 립스틱을 살짝 칠한 다음 거울을 보여주고, 아기의 행동을 관찰해보라.

세 명의 심리학자들이 그런 경우 아기들이 어떤 반응을 보이는지 실험했다(커리지, 에디슨, 하우, 2004). 그들은 생후 15~23개월 된 90명의 아기들(그중 34명은 남자아기, 56명은 여자아기)을 대상으로 실험을 했다. 이 연구팀은 실험실에 도착한 아기를 카펫을 깔아놓은 마룻바닥에 앉혔다. 그런 다음 아기가 새로운 환경에 익숙해지도록 몇 분 동안 카펫 위에서 놀게 했다. 그동안 한 연구자가 폴라로이드 카메라로 아기의 얼굴 사진을 찍었다. 그 후 아기는 다음의 두 가지 테스트를 받았다.

- 빨간 얼룩 테스트(사실은 파란색이다) : 연구팀은 아기를 소파에 앉히고 거울을 보여주었다. 아기가 거울을 통해 5분 동안 자기 얼굴을 살펴볼 수 있게 한 다음 연구팀은 거울을 치웠다. 그러고 나서 아기의 동반자가 손수건으로 아기의 코를 닦아주었다. 손수건에는 냄새도 나지 않고 독성도 없는 파란색 물감이 묻어 있었기에, 이때 자연스럽게 아기의

코에 파란색 물감이 묻었다.

연구팀은 아기를 30초 동안 놀게 하고 나서, 즉 다른 것에 눈을 돌리게 한 뒤 다시 아기 앞에 거울을 놓고 90초 동안 아기의 반응을 살펴보았다. 이때 아기가 자기 코를 만지면 거울 속에 비친 이미지가 자신이라는 사실을 알아본 것으로 판단했다.

- 사진 테스트 : 연구팀은 같은 연령의 아기들을 찍은 세 장의 사진을 아기들에게 세 번 보여주었다. 그런 다음 아기들이 그 사진들 각각에서 자신의 얼굴을 찾아내도록 유도했다. 이것을 위해 연구팀은 다음과 같은 질문을 했다. "우리 ○○(아기 이름)은 어디 있지?" 우연히 자기 얼굴을 찾아낼 가능성을 없애기 위해, 아기는 세 번의 테스트 중 적어도 두 번은 정확하게 자기 얼굴을 찾아내야 했다. 연구팀은 아기가 어떤 사진을 더 오랫동안 쳐다보거나 어떤 사진에 손이 가거나, 또는 어떤 사진을 보면서 자기 이름을 정확하게 발음할 경우 자신의 얼굴을 찾아낸 것으로 판단했다.

실험 결과, 거울을 쳐다보면서 자기 모습을 분명하게 인식할 수 있는 평균 연령은 생후 17개월이었다. 이 연령의 아기들은 거울을 보면서 자기 코를 만진다. 하지만 17개월 된 아기들도 거울을 들여다볼 때 자기 얼굴에 이상한 물감이 묻어 있는 걸 보면 익숙하지 않은 방식으로 행동한다(앞으로 다가가는 행동 이외에는 적어도 10초 동안 신체적인 움직임이나 놀람, 당황함, 실망감을 나타내지 않고 가만히 쳐다보기만 한다). 생후 18개월 반이 된 아기들은 자기 모습을 완전히 알아본다. 이 연령의 아기들은 거울에 비친 자기 모습을 보고 나서 자신의 코를 만진다.

사진에서 자기 얼굴을 인식하는 평균 연령은 18개월 반이다.

결론 아기는 사진 속의 자기 모습보다는 거울 속에 비친 자기 모습을 더 먼저 알아본다. 상대적으로 어린 아기들이 사진 속의 자기 모습을 더 잘 알아보지 못하는 것은 아마도 사진에 움직임이 없기 때문일 것이다.

이 실험들은 인간이 자신의 모습을 알아보는 능력은 급속하게 발달하는 게 아니라 태어나서 2세가 될 때까지 점진적으로 서서히 발달한다는 사실을 보여주고 있다. 이는 모든 인간이 생후 2년 동안의 일들을 기억하지 못한다는 사실과도 관련이 있다.◆ 사실 자신의 인생에 대한 기억들은 자기인식이 생겨날 때부터 비로소 시작된다. 내가 '나'를 인식하기도 전에 어떻게 나와 관련된 일들을 기억할 수 있겠는가?

◆ 성인들 중에서 2세 이전의 일들을 기억해낼 수 있는 사람은 한 명도 없다(하우, 커리지, 에디슨, 1994). 물론 우리는 그 이전에 감각적으로 습득된 '진행기억'(예를 들면 포크를 사용하는 것, 어떤 물체를 입으로 가져가는 것)과 '의미기억'(물건들의 이름 : 포크)을 갖고 있다. 그러나 '자기 자신에 대한 기억'은 전혀 갖고 있지 않다(나는 내가 포크를 처음 사용한 날을 기억하지 못한다. 또는 내가 포크를 제대로 사용할 줄 알게 된 날을 기억하지 못한다).

⚜ 신생아와 태아의 엄마 목소리 인식

15

아기는 낯선 사람의 목소리보다 엄마의 목소리를 더 좋아할까?

젊은 엄마들은 갓 태어난 아기가 벌써부터 엄마에게 특별한 애정을 갖고 있고, 엄마 목소리를 알아듣고, 간호사 목소리보다는 엄마 목소리를 더 좋아할 거라고 생각하고 싶어한다. 하지만 정말로 그럴까? 아기에 관한 연구들을 통해 이 의문에 대한 해답을 알 수 있을까?

지금으로부터 약 20년 전, 매우 창의적인 심리학자들이 신생아들을 대상으로 아주 놀라운 실험을 했다(드 카스퍼, 피퍼, 1980).

이 연구자들은 방금 아기를 낳은 10명의 산모들에게 20분짜리 텍스트를 읽게 하면서 그 목소리를 녹음했다. 그리고 그녀들의 아기들(여자아기 5명, 남자아기 5명)을 피험자로 삼아, 아기들의 귀에 이어폰을 꽂고 입에는 젖꼭지를 물려주었다. 젖꼭지는 녹음기를 작동시킬 수 있는 장치와 연결되어 있어, 아기가 젖꼭지를 빨면 엄마의 목소리가 녹음기에서 재생되었다.

태어난 지 사흘밖에 안된 이 아기들은 자기 엄마의 목소리를 들은 다음 낯선 여자의 목소리를 들었다. 혹은 그 반대로 낯선 여자의 목소리를 들은 다음 자기 엄마의 목소리를 들었다. 연구팀은 그동안 아기들의 반응을 관찰했다.

여기서 놀라운 사실이 밝혀졌다. 일반적으로 신생아들은 낯선 여자의 목소리보다는 자기 엄마의 목소리를 더 많이 들을 수 있도록 젖꼭지 빠는 방식을 조절했다(더 빨리 빨거나 더 천천히 빨기). 이 실험은 아기가 낯선 여자의 목소리보다 자기 엄마의 목소리를 더 잘 인식하고 더 좋아한다는 사실뿐만 아니라, 자기 엄마의 목소리를 재생시킬 수 있는 방법을 스스로 터득하고 더 자주 그 목소리를 재생시킬 수 있다는 것을 보여주었다.

하지만 안타깝게도 아빠들의 목소리를 가지고 실시한 실험에서는 이런 현상이 전혀 나타나지 않았다(드 카스퍼, 프레스코트, 1984). 신생아들뿐만 아니라 생후 4개월 된 아기들도 자기 아빠의 목소리를 식별하지 못했다(워드, 쿠퍼, 1999).

왜 이런 현상이 일어나는 것일까?

신생아가 누구의 목소리를 선호하느냐 하는 것에는 태내에서의 경험이 상당한 영향을 미칠 수 있다. 태아는 아빠보다는 엄마의 목소리를 더 많이 들었을 것이다. 그 결과 엄마 목소리에 훨씬 더 익숙해졌을 것이고, 엄마의 목소리를 훨씬 더 선호하게 되었을 가능성이 크다.

다음에 소개하는 실험이 바로 그 사실을 입증하고 있다(키질레브스키, 하인즈, 리, 시에, 황, 예, 장, 왕, 2003). 이 실험의 목적은 태아가 엄마의 목소리를 식별하는 능력을 평가하는 것이었다.

연구팀은 태아 60명(평균적으로 39주 된 태아들)을 대상으로 실험을 실시했다. 태아들 중 절반(30명)에게는 2분 동안 시를 읽는 자기 엄마의 목소리를 녹음테이프로 들려주고, 나머지 절반에게는 낯선 여자가 읽는 시

자극 유형에 따른 태아의 심장박동수 측정

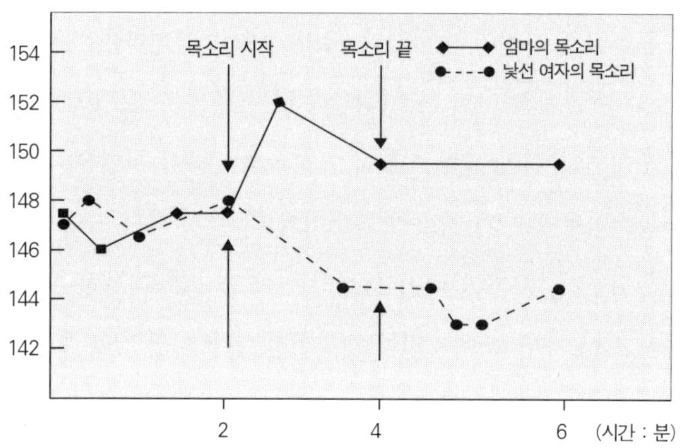

를 들려주었다. 두 경우 모두에서 시를 낭송하는 목소리는 엄마의 배 위에서 10센티미터 정도 떨어진 지점에 설치된 스피커를 통해 재생되었다(95데시벨).

연구팀은 녹음된 목소리를 들려주는 동안 태아의 심장박동수를 기록했다. 그 결과, 태아의 심장박동수가 엄마의 목소리를 들을 때는 빨라지고 낯선 목소리를 들을 때는 느려진다는 사실이 확인되었다. 이처럼 태아의 심장박동이 빨라지는 현상은 태아가 자기 엄마 목소리를 들을 때 흥분하기 때문이라고 한다. 즉 실험 결과는 아기가 태어나기 전부터 이미 자기 엄마의 목소리와 낯선 여자의 목소리를 정확하게 구분한다는 것을 입증하고 있다.

| 결론 | 이제 다음의 사실은 확실해졌다. 아기는 태어나기 훨씬 전부터 다른 사람들의 목소리와 엄마의 목소리를 구분하고 거기에 반응할 수 있는 놀라운 능력을 가진

다. 무엇보다 아기는 엄마의 목소리를 특별히 좋아한다. 이는 많은 연구들을 통해 증명되었다.

그러므로 엄마들이여, 태어날 아기나 신생아에게 가능한 한 말을 많이 하라.

주변 소음에 대한 반응

16

아기에게 책을 읽어줄 때는 꼭 텔레비전을 꺼야 할까?

만약 당신이 아기라면, 주변에서 들려오는 소리들에 어떻게 반응할까? 현실세계에서 우리는 아주 다양한 소리들을 접한다. 성인의 뇌는 인지된 모든 소리들을 통합하고, 그 소리들이 들려온 장소를 파악하면서 각각을 구분한다. 그렇게 해서 뇌는 자기가 듣고 싶어하는 소리에만 집중력을 발휘한다(〈칵테일파티 효과〉◆ 참조). 그렇다면 아기는 주위에서 들려오는 소리들에 어떤 식으로 반응할까?

오늘날 심리학자들은 신생아의 청각이 태어나면서부터 제대로 기능을 하며 소리에 대한 민감성은 유년시절 동안 서서히 개선되어나간다는 것을 분명히 알고 있다. 아기의 청각은 계속 발달해서 10세가 되면 성인의 청각과 거의 비슷해진다.

아기의 청각을 더 분명하게 알아보기 위해 베르너와 보이크는 생후 7~9개월의 아기 73명과 18~30세의 성인 40명의 행동을 연구했다(2001). 피험자 전원은 정상적인 청각을 갖고 있었다. 그들은 개별적으로 4초 반 동안

◆ 세르주 시코티, 『내 마음속 1인치를 찾는 심리실험 150』(2006, 궁리), 37쪽 참조.

컴퓨터를 통해 재생된 광대역폭의 소리(1,000헤르츠), 음조와 비슷한 또 다른 소리(역시 1,000헤르츠)를 들었다.◆◆

연구팀은 때로는 그 소리들만 들려주었고, 때로는 주변 소리와 함께 그 소리들을 들려주었다. 또한 모든 피험자들이 그 소리들을 탐지할 수 있는지 알아보기 위해 소리를 다양한 볼륨으로 들려주었다. 피험자들은 오른쪽 귀에 꽂은 이어폰으로 소리를 들었다.

컴퓨터는 네 가지의 소리를 무작위로 들려주었다. 때로는 여러 가지 주변 소음과 함께, 때로는 주변 소음이 전혀 없는 상태로 네 유형 중 하나의 소리를 들려주었다. 아기들은 방 안에서 자기 엄마 곁에 앉아 있었고, 그동안 한 실험자가 아기 앞의 테이블 위에서 소리 나지 않는 장난감들을 작동시키면서 아기의 관심을 계속 끌었다. 실험자와 아기 엄마는 아기에게 들려주는 소리들을 들을 수 없도록 헤드폰을 썼고, 그동안 실험실 바깥에 있는 관찰자가 유리창을 통해 아기의 행동을 주의 깊게 살펴보았다. 관찰자는 소리 자극이 주어졌을 때 아기가 소리 나는 쪽으로 고개를 돌리는지, 동작 범위를 바꾸는지, 또는 눈에 띄게 얼굴 표정이 변하는지, 엄마를 쳐다보는지 등을 기록했다.

성인들 역시 유사한 방법으로 테스트를 받았다. 단, 성인들의 경우 실험실 안에는 피험자 혼자만 있었다. 그리고 그들은 어떤 소리를 인지했을 때 손을 들어 관찰자에게 신호를 보내기로 미리 약속되어 있었다.

◆◆ 주파수 1,000헤르츠는 말을 할 때 최대치로 이용되는 진동수이다. 이 실험에서 음조는 소리와 더 비슷하고 주변 소음보다 대역폭이 좁다.

주변 소음과 함께 들려주는 소리 자극에 대한 아기의 탐지 정도(dB)

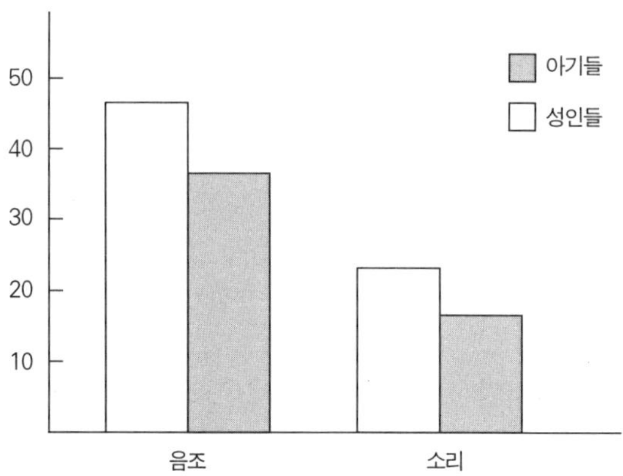

그 결과, 평균적으로 아기들은 음조보다는 소리를 더 잘 탐지했다. 주변의 소음과 함께 들려주었을 때, 탐지 정도는 아기와 성인의 차이가 사람 목소리의 경우 14데시벨, 발신음의 경우에는 7데시벨이었다. 배경음 없이 순수하게 목소리만 들려주었을 때는, 발신음의 경우 10데시벨, 사람 목소리의 경우 5데시벨이었다.

주변 소음에 가려진 소리 자극

음조가 어떤 주변 소음에 가려져 있을 때, 아기들은 성인들보다 그 음조를 잘 알아듣지 못했다. 아기들이 다양한 주파수들을 동시에 듣는 경향이 있기 때문이다.

또 다른 심리학자는 주변 소음에 묻힌 자신의 이름을 알아듣는 아기의 능력을 연구했다(뉴먼, 2005). 그는 이 실험에서 각각 5개월, 9개월, 13개월 된 아기들에게 각자의 이름을 다른 소리들(다른 아기들의 이름과 전혀 낯선 이름들)과 뒤섞어 들려주었다. 생후 5개월 된 아기들과 9개월 된 아기들은 자기 이름을 발음하는 목소리가 주변의 소리보다 10데시벨 더 클 때도 자기 이름을 알아듣지 못했다. 하지만 13개월 된 아기들은 그 차이가 5데시벨◆밖에 되지 않을 때에도 자기 이름을 인지했다.

결론 주변의 소리들은 성인의 귀와 아기의 귀에 각각 다르게 전달된다. 소리의 세계는 때때로 여러 가지 소리의 혼합체이기도 하다. 그래서 영아들은 어떤 한 가지 소리를 다른 소리들로부터 식별해내기가 아주 어렵다. 모든 주파수들을 동시적으로 듣기 때문이다. 그러므로 당신의 아기가 전혀 뜻밖의 소리에 반응을 보인다 해도 놀라지 마라.

어른은 대체로 대역폭이 좁은 소리에 더욱 민감하다. 그래서 주변 소리들을 무시하면서 필요한 대화에만 집중할 수 있다. 심지어 그들은 아주 소란스러운 환경에서도 원하는 소리를 들을 수 있다. 하지만 아기는 어른과 다른 방식으로 소리에 접근한다. 언제나 모든 주파수들이 동시적으로 울리는 광대역의 주파수에 귀를 기울이고 있는 것이다. 그래서 아기는 주변의 소리를 우리가 상상하는 것보다 훨씬 더 잘 인지한다.

연구자들의 주장에 따르면, 수천 년 전부터 아기는 이런 식으로 프로그래밍되어 있었다고 한다. 사실, 우리 조상들이 아프리카 동쪽의 세렌게티 대평원을 달릴 때, 자연의 적대적인 모든 소리를 듣는 능력은 대단히 중요했다. 그런 소리들을 들을 수 있어야만 어떤 위

◆ 인간의 귀로 느끼는 소리의 세기는 실제음의 에너지에 대해 대수함수적으로 느껴진다. 다시 말해 사람의 귀는 소리의 세기가 최소 10배 단위로 변해야 그 변화를 느낄 수 있다. 그래서 데시벨은 상용로그(상용대수)로 표현된다. 예를 들어 3dB=10log2 같은 식이다. 사람의 청각은 소리의 세기가 규정 레벨(즉 사람이 들을 수 있는 가장 작은 소리인 0데시벨)의 2배가 되면 약 3dB(10log2)만큼 증가하고, 10배가 되면 10dB(10log10), 100배가 되면 20dB($10\log10^2$)이 증가한다.

험이든 재빨리 알아차릴 수 있었기 때문이다(나뭇잎이 바스락거리는 소리, 거대한 포식동물의 둔탁한 발자국 소리, 고양이과 동물의 날렵하고 은밀한 발자국 소리 등). 아기가 전혀 뜻밖의 소리에 반응할 수 있는 것도 바로 그 때문이다.

하지만 오늘날에는 그처럼 유익한 능력이 아기에게 오히려 결점으로 작용한다(아기가 어른처럼 주변 소리들을 무시하고 자신에게 필요한 성조음을 걸러 듣는 법을 배우기까지는 10년이라는 기간이 걸린다).

자, 그렇다면 이 실험 결과들을 실제 생활에서 어떻게 적용해야 할까? 아기에게 이야기책을 읽어주거나 말을 걸 때는 텔레비전이나 라디오를 모두 꺼라. 그런 소리들이 들려오는 환경에서는 아기가 당신의 목소리를 알아듣기가 훨씬 더 힘들 것이다. 더욱이 최근의 한 연구에서는 1~3세까지의 아기들 중 텔레비전 앞에서 더 많은 시간을 보낸 아기들이 7세에 이르러 주의력에 문제가 더 많다는 사실이 밝혀졌다. 그러므로 아기들에게는 이런 미디어 매체를 제한해야 한다. 그렇다고 완전히 금지할 필요는 없지만…….

17

당신의 아기에게 모차르트 같은 음악적 천재성이 있는 건 아닐까?

아기에게 자장가를 들려주면, 며칠이 지난 후에도 아기가 그 노래를 기억할까? 분명히 기억한다. 물론 당신이 음치라서 노래를 완전히 엉터리로 불렀기 때문에 아기가 그걸 기억하는 건 아니다!

사프란, 로만, 로버트슨이 최근의 한 연구에서 생후 7개월 된 아기들은 자기가 들었던 음악을 기억한다는 사실을 증명했다(2000). 그들은 생후 7개월 된 아기 11명을 대상으로 실험을 실시했다. 연구팀은 그 부모들에게 2주일 동안 매일 모차르트의 소나타 2악장을 아기에게 들려주라고 했다.◆ 그리고 2주일이 지난 뒤 다시 15일 동안 그 소나타를 들려주지

◆ 아기가 어느 정도까지 귀 기울여 듣는지 알아보기 위해 이용된 방법은 다음과 같다. 우선 아기 맞은편 벽 중앙에 불이 켜진다. 아기가 이 불빛을 응시할 때부터 실험이 시작된다. 중앙의 불빛이 꺼지고, 하나의 백열전구가 때로는 아기의 오른쪽 벽에서, 때로는 왼쪽 벽에서 깜빡이기 시작한다. 숨어 있는 관찰자는 아기가 깜박이는 전구가 있는 쪽으로 약 30도 정도 고개를 돌리는 순간부터 음악을 튼다. 바로 그 순간 이 불빛 아래 설치된 스피커에서 음악이 흘러나오기 시작한다. 아기가 이 불빛에서 고개를 돌리고 다른 곳을 쳐다보는 시간이 2초가 넘으면 음악을 멈춘다. 이런 식으로 연구팀은 아기가 전구를 쳐다보고 있었던 시간(즉 아기가 음악을 '듣고' 있었던 시간)을 측정할 수 있다. 그리고 나서 중앙의 불빛이 다시 켜진다. 그리고 두 번째 테스트가 다시 시작된다.

않고 지내도록 했다. 그 후에 연구팀은 아기들을 실험실로 데려와, 그동안 아기들이 익숙히 들었던 음악과 한 번도 들어보지 못했지만 그것과 비슷한 음악을 들려주었다.

같은 연령의 아기 14명으로 구성된 또 다른 그룹(통제 그룹)은 이 실험의 두 번째 단계에만 참여했다.

그 결과, 첫 번째 그룹의 아기들은 이전에 들어보았던 소나타와 처음 듣는 소나타를 잘 구분한 것으로 나타났다. 그에 비해 통제그룹의 아기들은 멜로디의 차이를 전혀 구분하지 못했다.

한편 연구팀은 아기들이 15일 동안 익숙하게 들어왔던 소나타에 귀를 덜 기울이고 새로운 소나타에 더 많은 관심을 기울인다는 사실을 확인하고 대우 놀랐다. 물론 아기들이 심하게 기호화되고 너무 자주 접한 자극들에는 더 이상 관심을 가지지 않는다는 것은 오래전부터 알려진 사실이다(애슬린, 2000. 헌터, 에임스, 1988. 로즈, 고트프리드, 멜로이-카미나, 브릿저, 1982). 이 실험에 참여한 아기들도 똑같은 멜로디를 계속 듣는 데 싫증이 나서 새로운 음악을 듣고 싶어했을 것이다.

하지만 무엇보다도 이 실험에서 생후 7개월 된 아기들이 그전에 들었던 음악을 오랫동안 기억한다는 사실만은 분명하게 증명되었다.

| 결론 | 이 실험 결과들은 아기가 언어에 대한 기억력과 비슷한 수준으로 음악에 대한 기억력을 가지고 있다는 것을 보여준다. 이 책에 소개되어 있는 또 다른 실험에 따르면, 사실 영아들은 2주일 전에 들려준 이야기 속에 나오는 단어들을 기억할 수 있다(158쪽 참조, 주스칙, 혼, 1997).

그러므로 아기는 음악을 아주 적극적으로 받아들인다. 또 다른 연구들 역시 이 사실을 확증해주고 있다(트레이너, 우, 짱, 2004). 그들은 생후 6개월 된 아기들이 악기(하프, 피아노 등)의 리듬과 음색을 기억한다는 사실을 증명했다.

또 다른 심리학자들은 생후 4개월 된 아기들이 불협화음보다는 협화음, 즉 조화로운 음악에 더한층 귀를 기울일 뿐만 아니라, 불협화음보다는 아름다운 음악을 들었을 때 덜 불안해 하고 더 차분해진다는 사실을 밝혀냈다(젠트너, 카간, 1998). 그러므로 아기들에게 모차르트 같은 천재적인 음악성이 깃들어 있다고 해도 틀린 말이 아니다!

하지만 때때로 음악을 바꿔가며 들려주어야 한다. 아기들 역시 어른들과 마찬가지로 늘 똑같은 음악만 들으면 싫증을 낸다. 이 실험은 바로 그러한 사실도 증명하고 있다.

18

아기는 엄마의 목소리와 얼굴 중 어느 쪽에 더 관심을 가질까?

지금 당신은 아기가 엉금엉금 기어서 당신에게로 오기를 바란다. 자, 다음 중 어느 것이 아기의 행동에 더 큰 영향을 미칠 것 같은가? 단순히 당신의 모습을 보여주는 것? 아니면 문 뒤에 숨어서 당신의 목소리만 들려주는 것?

이 의문의 답을 찾기 위해 배쉬와 스트리아노는 한 가지 실험을 했다(2004). 그들은 처음에 생후 12개월 된 아기 89명을 실험에 참여하도록 권유했지만, 그중 45명만이(여자아기 24명, 남자아기 21명) 실험에 참여할 수 있었다(엄마들이 실험자의 지시에 따르지 않았거나 기술상의 문제들, 때로는 실험자가 준비하기도 전에 아기들이 행동을 시작했기 때문에).

아기는 28센티미터 깊이의 구덩이로부터 20센티미터 떨어진 지점에 앉아 있었다(74쪽 그림 참조). 물론 구덩이 위에는 투명한 안전유리가 깔려 있었기 때문에 실제로 위험하진 않았다. 여기서 아기가 해야 할 일은 그 구덩이를 건너서 엄마에게로 가는 것이었다(잠재적으로 위협적인 상황). 연구자들은 각기 다른 세 가지 조건들을 구상했다.

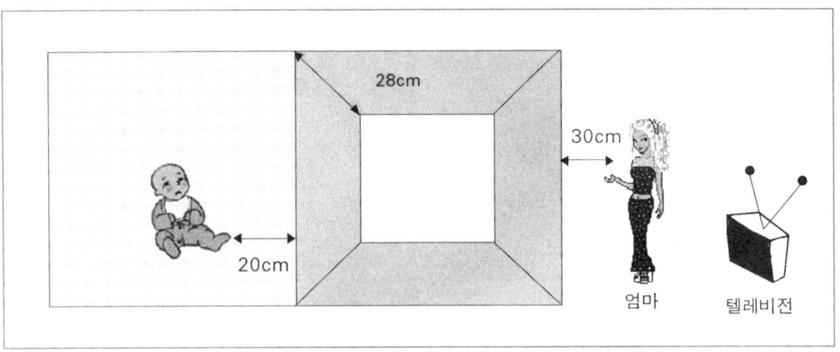

- '얼굴과 목소리' 조건 : 엄마는 아기를 마주 보면서 아기에게 미소를 짓고 말을 걸어야 한다.
- '얼굴만' 조건 : 엄마는 아기를 마주 보면서 미소를 지어야 한다.
- '목소리만' 조건 : 엄마는 아기를 등지고 텔레비전 화면을 쳐다보면서 아기에게 말을 해야 한다.

연구팀은 각 조건들에서 아기가 구덩이를 건너는 데 걸린 시간을 측정했다. 결과는 다음과 같았다.

- '얼굴과 목소리' 조건에서, 아기들은 자기 엄마가 있는 곳까지 가는 데 평균 50초가 걸렸다.
- '얼굴만' 조건에서, 아기들은 평균 3분 이상이 걸려서야 구덩이를 건너갔다.
- '목소리만' 조건에서는 평균 1분 30초가 걸렸다.

엄마가 아기의 얼굴을 쳐다보면서 말하고 미소 지을 때 아기의 이동 시간이 가장 짧게 걸린 것은 당연한 일이다. 하지만 예상과 전혀 다른 결과는, 엄마의 얼굴보다는 목소리가 아기에게 더 큰 영향을 미쳤다는 것이다.

| 결론 | 아기는 왜 엄마의 시각적인 신호보다 음성적인 신호에 더 민감할까? 우선, 다른 수많은 동물 종들에서도 그와 동일한 결과들이 나타났다는 사실을 알아야 한다(체니, 세이파스, 1985). 진화 과정에서 그런 능력을 보존하는 것이 중요했을 수도 있다. 사실, 음성 신호들에 대한 민감성은 얼굴을 통해 의사소통을 할 수 없는 상황(예를 들어 엄마가 보이지 않을 때)에서 정보를 교환할 수 있게 해준다.

한 인류학자가 제시한 새로운 이론이 바로 이 사실을 뒷받침해주고 있다(포크, 2004). 포크는 아기에게 전달된 모음발성이 엄마가 들판에서 일을 하느라 아기와 시각적인 접촉을 더 이상 유지할 수 없을 때를 위해 만들어낸 의사 전달 기술이라고 주장한다. 그의 주장에 따르면, 아기의 울음 역시 같은 기원을 가진다고 볼 수 있다. 아기는 울음을 이용하여 자신과 아주 멀리 떨어진 곳에 있는 엄마에게 신체적 접촉이 필요하다는 것을 알리기 시작했을 것이다. 요컨대, 울음소리는 아기가 자기 혼자 떨어져 있는 시간이 상당히 오랫동안 지속되었다는 것을 엄마에게 알리는 수단이다!

선호 음악

19

아기는 엄마가 불러주는 〈곰 세 마리〉와 라디오에서 들려오는 셀린 디온의 최신 유행곡 중 어느 쪽을 더 좋아할까?

당신은 욕실에 있다. 그리고 라디오에서는 당신이 좋아하는 노래가 흘러나온다. 당신의 아기는 당신 옆에 있다. 자, 아기도 그 노래를 좋아할까? 아니면 당신이 직접 불러주는 〈곰 세 마리〉를 더 좋아할까? 분명히 〈곰 세 마리〉를 더 좋아할 것이다.

1996년 심리학자 트레이너는 엄마들이 어떤 노래를 혼자 부를 때와 그 노래를 아기에게 들려줄 때, 전혀 다른 방식으로 노래한다는 사실을 증명한 바 있다. 트레이너는 생후 4~7개월 사이의 아기들을 둔 15명의 엄마들이 아기에게 자신들이 선택한 노래나 자장가를 불러주는 동안 그것을 녹음했다. 엄마들은 아기가 없는 곳에서도 동일한 노래를 불러야 했다. 트레이너는 녹음된 노래를 어른들에게 들려주었다. 그런 다음 그 어른들에게 그 노래가 아기에게 들려준 노래인지 아닌지 판단해보라고 했다. 어른들은 전혀 어려움 없이 그 노래가 아기에게 들려준 노래인지 아닌지를 정확하게 판단했다.

엄마는 아기에게 자장가를 불러줄 때 자신의 노래 스타일을 바꾼다(템포는 더 느리게, 구절들 사이의 휴지는 더 길게, 음색은 더 높게). 이는 엄마가 아기에게 말할 때 표현 방식을 바꾸는 것과 마찬가지 이치다(26쪽과 32쪽 참조).

트레이너는 또한 생후 4~7개월의 아기들이 같은 노래라 해도 자기가 없는 곳에서 부른 노래보다는 자기 앞에서 직접 불러주는 노래를 더 좋아한다는 사실도 증명했다(1996). 엄마들이 아기가 없는 곳에서 불러 녹음한 자장가와 아기 앞에서 직접 부른 자장가에 대한 아기들의 선호도를 실험해본 것이다. 실험 결과 아기들은 자신과 시선을 마주치면서 불러주는 노래를 더 좋아했다.

그렇다면 거울 앞에서 엄마가 들려주는 노래보다 얼굴을 마주 보면서 불러주는 노래를 더 좋아하는 건 언제부터일까? 이 의문에 대한 해답은 교토 대학의 한 심리학자가 실행한 연구에서 밝혀졌다(마사타카, 1999). 그 연구 결과에 따르면, 태어난 지 며칠밖에 안된 신생아들에게서 이러한 선호 현상을 찾아볼 수 있다.

마사타카는 태어난 지 이틀밖에 안된 일본 아기 15명을 대상으로 여러 가지 유형의 노래에 대한 선호도를 조사했다. 아기들의 부모들은 선천적으로 청각 장애자들이었기 때문에 수화로만 의사를 전달했다. 따라서 아기들은 엄마의 뱃속에 있을 때 사람의 목소리나 노랫소리를 거의 듣지 못했다.

마사타카는 시선 고정◆에 근거한 방법을 이용하면서, 이전에 10명의

◆ 노래가 들리는 동안 아기 앞쪽에 불이 켜진다. 그러면 실험자는 아기가 전구를 응시하는 시간을 잰다. 이 불빛을 응시하는 시간이 길수록, 아기가 불빛과 동시에 들려오는 소리에 더 많은 관심을 가진 것으로 판단한다.

일본 엄마들과 10명의 영국 엄마들이 자기 아이 앞에서 또는 어떤 성인 앞에서 부른 노래를 녹음하여 들려주었다. 엄마들이 부른 노래는 자장가였다.

그 결과, 아기들은 어른에게 불러준 노래보다는 아기에게 불러준 노래에 더한층 귀를 기울이는 것으로 나타났다. 아기들 앞에서 녹음된 노래를 들려주었을 때는 23초, 그와 동일한 노래를 어른들 앞에서 녹음해 들려주었을 때는 15초간 귀를 기울였다.

| 결론 | 이 실험들은 당신의 아기가 텔레비전이나 라디오를 통해 들려오는 노래보다 당신이 직접 들려주는 노래를 더 좋아한다는 사실을 증명한다. 이러한 선호 경향은 모국어와는 상관없이 선천적이며, 심지어 청각 장애인 부모에게서 태어난 아기에게서도 선천적인 것으로 보인다.

신생아는 왜 자기에게 직접 불러준 자장가와 그렇지 않은 자장가에 그처럼 민감한 반응 차이를 보일까? 그것은 분명히 우리가 아기에게 말을 할 때처럼 노래를 불러줄 때에도 보다 운율적이고 반복적으로 감정을 한껏 싣기 때문이다.

무엇보다 당신의 아기가 텔레비전에 나오는 아이돌 스타의 최신 유행곡을 듣는 것보다는 당신이 직접 불러주는 동요를 더 좋아한다는 것을 명심하길…….

부모의 말과 노래에 대한 반응

20

아기는 엄마가 말을 건네는 것과 노래를 불러주는 것 중 무엇에 더 관심을 가질까?

동서고금을 막론하고 엄마가 아기에게 자장가를 불러주었다면, 거기에는 분명히 어떤 이유가 있을 것이다. 무엇보다도 자장가가 아기의 마음을 평온하게 달래주기 때문이라 생각해보면 어떨까?

실제로 최근의 한 연구는 엄마가 '말을 할 때'보다는 '노래를 들려줄 때' 아기가 더 주의를 기울인다는 사실을 증명하고 있다.

한 실험에서 연구팀은 생후 6개월 된 아기들에게 엄마가 말을 하거나 노래를 들려주는 비디오테이프를 보여주었다(나카타, 트레허브, 2004). 그들은 아기가 각각의 화면을 응시하는 시간을 측정했다.

그 결과, 아기들은 엄마가 말을 할 때보다는 노래를 불러줄 때 엄마를 더 오랫동안 쳐다보는 것으로 나타났다. 뿐만 아니라 엄마가 노래를 하는 동안 아기들의 신체적인 움직임도 훨씬 줄어들었다. 그리고 동일한 가사와 규칙적인 리듬이 반복되는 노래가, 가사나 리듬이 아주 다양하게 변화하는 노래보다 훨씬 더 쉽게 아기들의 관심을 끌었다.

또 다른 연구에서는 아기의 침 속에 있는 코르티솔◆의 양을 테스트했다. 셴필드, 트레허브, 나카타는 엄마가 10분 동안 노래를 불러주기 전과 후에 생후 6개월 된 아기들의 타액 샘플을 분석하는 실험을 했다(2003). 그 결과, 노래를 불러주기 전과 후에 코르티솔의 양에 상당한 변화를 발견했다. 즉 노래를 듣기 전에 코르티솔 양이 많았던 아기들은 노래를 듣고 난 후에 코르티솔 양이 감소된 반면, 노래를 듣기 전 코르티솔 양이 적었던 아기들은 반대로 코르티솔 양이 증가했다.

따라서 약간의 스트레스를 받은 아기(코르티솔 양이 많은 아기)에게는 노래가 불안을 감소시켜주고, 반대로 일시적으로 약간 무기력한 상태에 빠져 있는 아기에게는 주의력을 증가시켜주는 것으로 보인다.

그렇다면 아빠는 어떨까? 아빠의 노래 역시 아기의 행동에 똑같이 영향을 미칠까?

연구팀은 아빠가 아기에게 직접 불러주는 노래를 녹음한 경우와 아기가 없는 곳에서 부른 노래를 새로 녹음한 경우를 비교하는 실험을 실시했다(오닐, 트레이너, 트레허브, 2001). 연구팀이 다른 성인들에게 이 두 가지 유형의 녹음을 평가해달라고 했을 때, 평가자들은 아기가 없는 곳에서 부른 노래보다 아기가 있는 곳에서 부른 노래가 더 부드럽고 리듬감이 살아 있을 뿐만 아니라 아기에게도 적합하다고 판단했다(물론 그들은 어떤 노래가 아기가 있는 곳에서 부른 노래인지 전혀 모르는 상태에서 평가

◆ 코르티솔(cortisol)이란 무엇일까? 그것은 호르몬이다. 코르티솔은 스트레스를 받으면 분비되는 호르몬으로, 주의력과도 연관이 깊다. 코르티솔의 양은 예를 들어 오후가 시작될 무렵, 즉 낮잠 잘 시간에는 상당히 낮아진다. 혈액 속에 코르티솔 양이 너무 많으면 긴장하게 될 뿐만 아니라 우울해진다. 반면에 코르티솔 양이 충분하지 않으면, '멍한 상태'가 된다. 코르티솔이 인지에 미치는 영향 역시 연구된 바 있다(루피앙, 윌킨슨, 브리에르, 메나르, 응 인 긴, 2002).

를 내렸다).

하지만 연구팀이 아기들에게 그 노래들을 들려주었을 때 아기들은 어떤 특정한 노래에 더 많은 관심을 보이지는 않았다.

한편 이 실험 데이터를 통해 엄마와 아빠의 노래에 대한 아기들의 관심을 비교하자 놀라운 결과가 나타났다! 아기들은 엄마의 노래보다 아빠의 노래를 들을 때 시각적인 관심을 더 많이 나타냈다.

| 결론 | 아기를 달래거나 잠을 재우고 싶을 때, 또는 아기의 태도를 어떤 식으로든 변화시키고 싶을 때 아기에게 사랑이 듬뿍 담긴 노래를 불러주어라. 그러면 확실한 효과가 나타날 것이다. 노래는 아기의 행동에 긍정적인 영향을 미친다. 특히 노래는 아기의 주의력을 증가시키고 수면을 유도하며 울음을 감소시키고 긍정적인 감정을 북돋아준다. 또한 엄마와 아기 사이의 유대감을 강화시켜주고 아기에게 행복감을 준다.

특히 아빠의 경우 아기에게 노래를 불러주는 일을 게을리하거나 포기하지 말아야 한다는 사실을 여러 연구 결과들이 증명해주고 있다.

21

아기는 난생처음 엄마 젖을 먹기도 전에 좋은 맛이 어떤 건지 알고 있을까?

신생아는 어른과는 달리 분명한 미각을 갖고 있지 않다는 말을 가끔씩 들을 수 있다. 그리고 우리는 신생아가 단맛, 짠맛, 쓴맛, 신맛을 구분할 수 있는지 궁금해 한다. 그런데 신생아들은 정말로 맛을 구분할 줄 모를까?

아기가 본능적으로 맛의 차이를 느낄 수 있는지 알아보기 위해 아주 많은 실험들이 실시되었다. 예를 들어 로젠슈타인과 오스터는 태어난 지 두 시간 된 신생아 12명의 입에 설탕(단맛), 염화나트륨(짠맛), 레몬산(신맛), 염산 키니네(쓴맛)를 번갈아 넣었다(1998). 그리고 이 네 가지 물질과 접촉했을 때 아기들의 얼굴 표정을 관찰하고 비디오로 촬영했다.

설탕이 입에 들어갔을 때, 아기들은 긴장이 풀리고 느긋한 표정을 지으며 입으로 무언가를 재빨리 빠는 동작을 시작했다. 반대로 짠맛, 쓴맛, 신맛에 대해서는 부정적인 얼굴 표정을 지었다.

- 신맛에 대한 반응으로, 아기들은 입술을 오므렸다.
- 쓴맛에 대한 반응으로, 아기들은 입을 크게 벌리면서 하품을 했다.

• 염화나트륨에 대해서는 특별한 표정이 얼굴에 나타나지 않았다.

또 다른 심리학자는 같은 종류의 실험으로, 설탕이 감정의 격발을 초래하고, 얼굴 근육의 이완과 동시에 혀 차는 소리를 유발한다는 것을 증명했다(슈타이너, 1973, 1977, 1979, 1983). 염산 키니네 반응에서는, 하품과 얼굴 찡그림(입술이 내밀어지고 이마와 눈 주위의 근육과 코에 주름이 생기는 표정)이 나타났다. 그와 동시에 신생아들은 손과 팔을 허공에 휘둘렀다. 그리고 살짝 도리질을 하거나 고개를 외면하기도 했다. 신맛의 경우 단맛과 쓴맛의 중간적인 반응들이 나타났다.

짠맛에 대한 신생아들의 인지 능력은 태어난 이후부터 발달된다는 사실이 밝혀졌다. 실제로, 대략 생후 4개월이 될 때까지 짠맛으로 인한 얼굴 표정의 변화는 전혀 없었다(보샹, 코워트, 모란, 1986).

| 결론 | 신생아는 이전에 맛을 경험한 적이 전혀 없지만(태어나기 전 양수 섭취를 제외하고) 쓴맛, 단맛, 신맛을 구분할 줄 안다. 이 세 가지 맛은 각기 다른 얼굴 표정을 유발한다. 그렇다면 과연 이 얼굴 표정들을 '좋다, 싫다'의 표현으로 해석할 수 있을까? 대답은 '분명히 그렇게 해석할 수 있다'이다.

갓 태어난 아기에게 물에다 설탕을 약간 첨가시킨 설탕물을 주면 더 세게 빨아 먹는 것을 볼 수 있다(타처, 슈베르트, 티미실, 짐브룽거, 1985). 이처럼 아기는 설탕의 단맛을 좋아한다. 어른의 경우와 마찬가지로 맛에 대한 아기의 반응은 아기가 어떤 물질을 얼마만큼 좋아하거나 싫어하는지를 보여준다.

이 얼굴 표정들은 원래 기능적인 수단이었을 것이다. 즉 이 표정들은 엄마에게 의사를 전달하는 기능을 갖고 있다(예를 들면 '나는 이것 말고 다른 게 먹고 싶어!').

어떤 맛에 대한 아기의 기호는 아기가 환경에 적응하여 생존하는 데 도움을 준다. 단맛에 대한 선천적인 선호는 열량이 높은 음식물을 탐지하고 알아내기 위한 진화의 결과이고, 쓴맛과 신맛에 대한 거부 역시 먹을 수 없는 음식이나 독이 들어 있는 음식들을 피하기 위한 진화의 결과일 수 있는 것이다. 대부분의 아기들이 녹색 채소(꽃상추, 아티초크, 양배추)처럼 쓴 음식들을 거부하지만, 그렇다고 아기에게 녹색 채소를 먹이는 걸 포기해서는 안 된다. 아기가 이런 음식에 입맛을 길들이고 좋아할 수 있도록 부모는 계속 꾸준히 먹이려고 시도해야 한다.

다행히, 단맛과 액체에 대한 아기의 선호도는 시간이 지날수록 감소한다. 그리고 아기는 문화적인 규범들에 적응하는 법과 다양한 음식물을 섭취하는 법을 배우게 된다. 이것은 식도락과 건강이라는 측면에서 아주 긍정적이다.

끝으로 간단한 조언 한마디. 아기의 음식에 변화를 주는 날, 아기의 표정을 잘 관찰해보라. 그러면 아기에 대해 더 많은 것들을 알아낼 수 있을 것이다.

✤ 모유 냄새에 대한 기호

22

아기는 모유와 우유 중 어느 쪽을 더 좋아할까?

아기는 모유를 더 좋아할까, 아니면 가공된 우유를 더 좋아할까? 이 의문에 대한 해답을 알려면 아기들에게 직접 물어보면 된다.

심리학자 마를리에와 샬은 태어난 지 3~4일 밖에 안된 신생아들이 인간의 젖 냄새(자기 엄마의 익숙한 젖 냄새와 다른 엄마의 낯선 젖 냄새)와 가공된 우유(아기가 평소에 먹던 익숙한 우유 냄새와 익숙하지 않은 낯선 우유 냄새)를 대할 때의 행동을 관찰했다(2005).

그 결과, 익숙하지 않은 냄새(가공유 또는 다른 엄마의 젖)를 접하는 경우, 수유를 하거나 우유를 먹는 아기들 모두 가공유보다는 다른 엄마의 젖 쪽으로 더 많이 고개를 돌릴 뿐만 아니라 더 힘차게 입을 벌렸다.

| 결론 | 양질의 우유를 만들기 위해 많은 기업들이 상당한 노력을 기울이고 있음에도 불구하고, 신생아는 가공유 냄새보다는 엄마의 젖 냄새를 훨씬 더 좋아한다. 이러한 기호는 아기가 출생한 이후 섭취한 음식 유형과는 무관하다는 사실을 많은 연구 결과들이 증명하고 있다. 자연은 그렇게 잘 만들어져 있다.

⚜ 엄마 냄새에 대한 기호

23

아기는 냄새만으로 엄마를 알아볼 수 있을까?

우리는 자기 아기를 알아보는 부모의 놀라운 능력을 앞에서 보았다. 하지만 과연 아기는 자기 부모를 알아볼 수 있을까?

만약 당신이 낯선 사람들로 가득 찬 어떤 방 안에 있다면, 그중에서 당신을 보호해주고 먹을 것을 줄 사람이 누구인지 분간하는 게 유익할 것이다. 같은 맥락에서, 당신의 아기가 후각만으로 당신을 찾아낼 수 있는지 실험해볼 수 있다.

여러 심리학자들은 아기가 후각을 이용하여 엄마를 알아볼 수 있는지 관찰하기 위한 실험들을 실시했다.

심리학자 맥팔랜드는 엄마들의 브래지어 속에 붙인 거즈를 이용하여, 태어난 지 2일밖에 안된 아기들도 엄마 냄새를 분간할 수 있다는 사실을 증명했다(1975). 맥팔랜드는 세 가지 유형의 거즈를 이용했다. 아기 엄마가 붙였던 거즈, 다른 젊은 산모가 붙였던 거즈, 전혀 사용하지 않은 새 거즈. 그는 20명의 아기들을 대상으로 한쪽 뺨에다 이 거즈들 중 하나를 갖다댔다.

촬영된 장면들을 관찰한 결과에 따르면, 20명의 신생아 중 17명이 자기 엄마의 가슴에 붙였던 거즈 쪽으로 더 자주, 더 오랫동안 고개를 돌렸다. 그렇다면 신생아들이 아빠의 냄새 역시 알아볼 수 있을까?

세르노흐와 포터가 이와 비슷한 실험을 실시했다(1985). 그들은 엄마나 아빠의 겨드랑이에 붙였던 거즈 조각을 이용하여, 태어난 지 2주일밖에 안된 아기들이 겨드랑이 냄새만으로 자기 부모를 알아볼 수 있는지 살펴보았다.

실험 결과 모유를 먹인 아기들은 엄마의 냄새와 다른 여자의 냄새를 구분할 줄 알았다. 하지만 젖병으로 우유를 먹는 아기들은 구분을 하지 못했다. 게다가 이 두 그룹 중 어떤 아기도 자기 아빠의 냄새와 다른 남자의 냄새를 구분하지 못했다.

모유를 먹는 동안 신생아는 특히 엄마의 냄새(예를 들어 겨드랑이 냄새)와 더 많이 접촉하기 때문에 자기 엄마만의 독특한 체취에 빠르게 익숙해진 것이다.

심리학자 셜리반과 투바스도 모유를 먹고 자란 신생아들이나 젖병으로 우유를 먹는 신생아들의 엄마 냄새에 대한 반응을 알아보자 했다(1998). 여기서 연구자들은 조건에 따라 아기 엄마가 입었던 환자복, 다른 산모가 입었던 환자복, 한 번도 입지 않은 새 환자복을 이용했고, 마지막 조건에서는 환자복을 전혀 이용하지 않았다.

신생아들은 각기 다른 세 가지 상황에서 테스트를 받았다. 첫째 상황에서는 아기들이 1분 전부터 울고 있었고, 둘째 상황에서는 잠이 깨어 있되 울지 않는 상태였고, 셋째 상황에서는 잠을 자고 있었다.

실험 결과, 연구자들은 아기들이 자기 엄마가 입었던 환자복 냄새를 맡았을 때 울음을 그치는 것을 확인했다. 뿐만 아니라 다른 여자의 환자복 냄새를 맡게 했을 때에도 아기들은 울음을 멈췄다! 하지만 한 번도 입지 않은 새 환자복 냄새를 맡게 했을 때에는 울음을 그치지 않았다. 또 잠에서 깬 아기들이 자기 엄마의 환자복 냄새를 맡을 때 더한층 입을 벌린다는 것을 발견했다. 이것은 아기들이 다른 엄마들의 냄새와 자기 엄마의 냄새를 확실하게 구분할 줄 안다는 것을 입증한다.

이 결과들로 미루어볼 때, 아기가 엄마 냄새를 맡으면 울음을 그치는 만큼 아기에게 엄마 냄새를 맡게 하는 것은 유용하다. 그리고 자기 엄마의 냄새에 아기가 더 입을 벌린다는 사실에 비추어볼 때, 음식을 먹을 때 엄마 냄새가 매우 중요한 역할을 한다는 것을 알 수 있다.

일반적으로 신생아들이 젖을 먹이는 다른 엄마들의 젖가슴 냄새에 끌리긴 하지만, 모유를 먹고 자란 아기들은 젖을 빨면서 자기 엄마 고유의 체취를 빠르게 익히고, 그 냄새만으로 엄마를 알아볼 수 있다.

그렇다면 젖병으로 우유를 먹고 자라는 아기들의 경우 냄새만으로 엄마를 알아보는 능력이 다른 아기들보다 떨어질까? 꼭 그렇지만은 않다. 우유를 먹고 자라는 아기들 역시 젖가슴을 찾으면서 자기 엄마 쪽으로 고개를 돌린다(이것은 모유를 먹이지 않는 여성들로 하여금 이따금씩 죄책감을 느끼게 만든다). 이 아기들은 엄마의 젖가슴과 접촉을 하지 않았기 때문에, 엄마의 젖가슴 냄새를 분간하는 능력이 빠르게 퇴화되고 만다. 그래서 엄마의 젖가슴 냄새가 아닌 다른 냄새들로 자기 엄마를 알아보는 법을 익힌다(엄마의 목이나 그 외 신체 부위의 체취, 향수 냄새 등등).◆ 사실 아기는 냄새를 분간하는 법을 반복학습을 통해 배운다.

| 결론 | 결론적으로, 신생아는 엄마의 젖가슴과 젖 냄새에 아주 민감하다. 이러한 냄새 감별 능력은 태어난 지 몇 분도 채 지나지 않아 나타나기 시작하는데, 이는 대단히 중요한 능력이다. 바로 이를 통해 엄마의 젖가슴 쪽으로 고개를 돌리고 젖꼭지에 입을 갖다댈 수 있기 때문이다. 이러한 적응 과정은 아기의 운동 능력과 집중력에도 상당한 영향을 미친다. 여러 연구들은 모유를 먹는 아기들이 우유를 먹는 아기들보다 자기 엄마의 가슴과 겨드랑이 냄새를 훨씬 더 잘 알아본다는 것을 증명하고 있다. 물론 우유를 먹는 아기들도 엄마와 포옹할 때 맡은 엄마의 체취(예를 들어 목)를 기억할 수 있다(반복된 연습을 통해).

아기가 냄새를 인지할 뿐 아니라 냄새에 아주 민감하다는 사실은 이제 확실히 증명되었다. 심지어 어둠 속에서도 아기는 엄마를 알아볼 수 있다. 아기는 엄마가 있는 쪽으로 고개를 돌리고 오직 냄새로만 엄마의 가슴을 찾을 수 있다(엄마의 냄새는 아기에게 위안을 줄 것이다). 어쩌면 아기는 태어나는 그 순간부터 이미 엄마의 냄새를 알고 있는지도 모른다!

◆ 이것은 모유를 먹이는 여성들을 대상으로, 아기에게 젖을 먹이기 전에 젖꼭지를 제외하고 안쪽 가슴 전체에 향수를 뿌리도록 지시한 실험에서 증명되었다(슐라이트, 겐젤, 1990). 생후 2주일 된 신생아들은 향수 냄새보다는 익숙한 냄새 쪽으로 더한층 고개를 돌린다는 사실이 확인되었다. 그리고 태어난 지 4주일 된 아기들은(엄마들이 가슴에 향수를 뿌리지 않은 지 2주일이 지난 후) 대부분 향수 냄새를 특별히 더 좋아하지 않았다. 이것은 반복적으로 맡았던 향수 냄새를 2주일 동안 더 이상 맡지 않았기 때문에 그 냄새에 대한 기호가 사라졌다는 것을 증명할 뿐만 아니라, 신생아가 어떤 냄새를 알아보고 음미하는 법을 배울 수 있다는 것을 말해준다(발로, 포터, 1986). 특히 그 냄새가 기쁨(즉 음식에서 오는 기쁨)과 연관된 것일 경우 더더욱 확실하고 빠르게 냄새를 감별하는 법을 배운다. 엄마는 음식을 주는 사람, 즉 기쁨의 원천이기에 젖병으로 우유를 먹는 아기들은 엄마의 젖가슴이 아닌 다른 신체 부위의 냄새(목, 숨결 등등)를 이용하여 자기 엄마를 빠르게 알아볼 수 있게 된다.

24 아기는 좋은 냄새와 나쁜 냄새를 구분할 수 있을까?

당신은 나쁜 냄새가 떠도는 어떤 방에 들어가면 '으웩, 고약해!' 라고 생각하면서 코를 틀어막을 것이다. 하지만 당신의 품에 안겨 있는 태어난 지 몇 시간밖에 지나지 않은 아기는 과연 당신과 똑같은 생각을 하고 냄새의 근원을 파악할 수 있을까?

몇몇 심리학자들은 신생아가 나쁜 냄새들에 직접적으로 반응할 수 있는지 알아보고자, 생후 17~130시간이 지난 아기 20명을 대상으로 실험을 실시했다(라이저, 요나스, 위크너, 1976). 심리학자들은 아기의 얼굴 가까이에 암모니아수가 약간 들어 있는 작은 플라스크를 놓아두었다(때로는 왼쪽, 때로는 오른쪽에). 이 실험은 신생아들 각각을 대상으로 여러 차례 반복 실시되었고, 연구팀은 아기들의 움직임을 비디오로 촬영해 분석했다.

실험 결과, 아기들 중 70%가 플라스크가 없는 쪽으로 고개를 돌렸다. 플라스크가 없는 쪽으로 고개를 잘 돌린 아기들은 암모니아 냄새를 맡고서도 별로 동요하지 않은 반면, 고개를 잘 돌리지 못한 아기들은 암모니아 냄새로 심하게 동요했다.

그렇다면 좋은 냄새의 경우에는 어떨까?

슈타이너는 여러 가지 실험을 통해 아기들이 냄새에 아주 민감하게 반응한다는 사실을 증명했다(1974, 1979). 태어난 지 12시간이 안된 신생아들에게 다양한 향기를 제시하여, 살펴본 결과, 아기들은 바나나, 바닐라, 버터 냄새를 맡을 때 많이 웃고 입으로 빠는 동작을 취한다는 사실이 확인되었다. 반대로 썩은 계란과 새우 냄새에는 입술을 오므리고 아래로 늘어뜨리며 삐죽거리는 등의 부정적인 반응들이 확인되었다.

| 결론 | 아기가 좋은 냄새와 나쁜 냄새에 어떤 의미를 부여하는지는 아직까지 정확히 알 수 없다. 하지만 이 실험들은 아기가 향기와 기분 좋은 냄새, 악취와 기분을 거슬리게 하는 자극적인 냄새들을 잘 구분한다는 사실만큼은 분명히 증명하고 있다.

이 문제에 있어서, 성인들 역시 아기와 거의 비슷한 후각을 가지고 있는 듯하다(대부분의 사람들은 암모니아수와 썩은 계란 냄새를 싫어한다). 그러므로 성인들이 좋아하는 냄새를 아기들 역시 좋아한다고 믿어도 될 것이다.

끝으로, 신생아는 태어나는 그 순간부터 자신이 역겨운 냄새들을 싫어한다는 것을 표현하고(얼굴 표정으로) 행동으로 피하는(고개를 돌리는 것) 선천적인 능력을 갖고 있다고 결론 내릴 수 있다(기분 좋은 냄새들에 대해서는 그 반대의 표정과 행동을 한다). 무엇보다 아기가 냄새에 아주 민감하다는 사실을 기억하길 바란다.

'촉각-시각'의 2감각 교차양상 인식 능력

25

아기는 눈으로 보는 것만큼 손으로도 인식할 수 있을까?

갓 태어난 아기는 자기 손에 쥐고 있는 것을 눈으로 알아볼 수 있을까? 달리 말해서, 정보를 손에서 눈으로 이전시킬 수 있을까?

여러 심리학자들은 아기에게 '촉각-시각' 2감각 교차양상 인식 능력, 즉 촉각적인 양상에서 시각적인 양상으로 정보를 전달시킬 수 있는지 알아보고자 했다.

슈트라이와 겐타즈는 평균적으로 생후 3일 된 12명의 남자아기들과 여자아기들을 대상으로 실험을 실시했다(2003). 실험자는 우선 부모와 함께 연구실에 도착한 아기들에게 삼각뿔과 원기둥 중 하나를 쥐어주었다. 만약 아기가 물건을 손에서 빠뜨리면 그 형태에 익숙해져 잡고 있을 수 있도록 다시금 물건을 아기의 손에 쥐어주었다.

두 번째 단계에서, 실험자는 아기들의 눈앞에 60초 동안 두 가지 물건을 나란히 제시했다. 그리고 그동안 아기의 시선이 각각의 물건에 머물러 있는 시간을 측정했다.

실험 결과, 아기들은 자기가 만져보지 않았던 물건을 더 오랫동안 쳐다보는 것으로 나타났다. 삼각뿔을 만졌던 아기들은 원기둥을 더 오래 쳐다보았고, 원기둥을 만졌던 아기들은 삼각뿔을 더 오래 쳐다보았다. 이는 이전에 손으로 만져보았던 물건이 아기에게 익숙한 반면, 그렇지 않은 물건은 새로운 것◆으로 인식된다는 사실을 말해준다. 따라서 신생아는 손으로 만지는 인식 양상을 통해 물건의 형태에 관한 정보를 알아내고 그것을 시각적인 양상으로 전이할 수 있다.

슈트라이와 겐타즈는 또 다른 12명의 신생아들을 대상으로 시각적인 행동을 연구하기로 했다. 이번에는 아기들의 손에 원기둥이나 삼각뿔을 쥐어주지 않고 실험을 실시했다. 그 결과, 아기들은 그전에 보여주었던 원기둥이나 처음 보는 삼각뿔 모두를 똑같은 관심을 가지고 쳐다보았다.

| 결론 | 이 연구는 몇 년 전까지만 해도 인지 능력이 전혀 없고 단지 음식을 먹고 소화시키는 존재에 불과하다고 여겨졌던 신생아에 대한 그릇된 이미지를 개선시키는 데 크게 기여했다!

태어난 지 4일 된 아기의 뇌는 '2감각 교차양상 전이'를 실행할 수 있다. 다시 말해 아기는 한 감각(촉각, 청각, 시각)으로 인지된 어떤 사물을 또 다른 감각으로 알아볼 수 있다. 태어나는 그 순간부터 어떤 학습 없이도 물체의 형태에 관한 정보를 시각적인 양상과 촉각적인 양상으로 일치시킬 수 있는 것이다.

이것은 이전까지 우리가 믿고 있던 것, 즉 아기는 학습을 통해 인지하는 법을 배운다는 생각과는 정반대다. 하지만 인지 능력은 학습을 통해 습득되는 것이 아니라 선천적으로 타

◆ 아기는 태어날 때부터 전혀 새로운 상황에 민감하게 반응하면서 자기가 이미 알고 있는 상황보다 새로운 상황을 더 오래 탐구한다는 사실이 여러 연구들을 통해 증명된 바 있다.

고나는 것이다. 그러므로 신생아는 눈으로 볼 뿐만 아니라 손으로도 본다고 할 수 있다.

아기는 자기가 좋아하는 장난감을 눈을 가린 상태에서 손으로 만져본 후에 눈으로 알아볼 수 있다!

26

아기의 신체는 엄마의 신체와 하나로 통합되어 있을까?

어떤 정신분석학자들이 주장했고 지금도 계속 주장하는 것과는 반대로, 세상에 태어난 아기는 엄마와 '공생' 관계에 있거나 '통합'된 상태 또는 '분화되지 않은' 상태에 있지도 않고(말러, 위니코트, 1982), '전 대상적인' 단계에 있는 것도 아니며(스피츠, 1995), '엄마-아기의 생체적 단일체'의 일부분을 이루고 있는 것도 아니다(안나 프로이트, 1965). 오히려 그와는 반대로, 아기는 엄마의 신체와 완전히 구분되는 하나의 실체로서 자기 몸을 인지한다는 사실이 여러 연구들에서 밝혀지고 있다.

신생아는 세상에 태어나는 순간부터(심지어 그 이전부터), 자기 몸과 주변의 다른 물체를 아주 잘 구분한다. 이것을 '생태학적인 자아'라고 부른다(로샤, 1997). 태어난 지 몇 시간밖에 되지 않은 신생아는 다른 성인이나 엄마의 손가락에 자극을 받느냐 아니면 자기 자신에게 자극을 받느냐에 따라 다르게 행동한다.

로샤와 헤스포는 한 산부인과 병원으로 가서 다음과 같은 두 가지 상황에 직면한 신생아들의 반응을 분석했다(1997). 첫 번째는 한 실험자가 손으로 아기 입술을 건드릴 때의 반응이고, 두 번째는 아기가 자신의 손

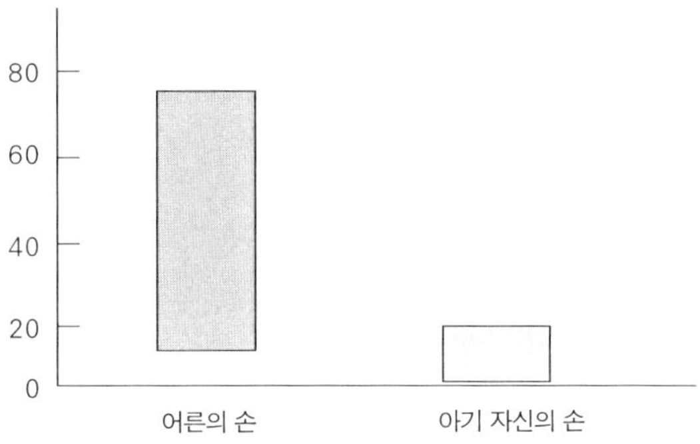

으로 자기 얼굴을 건드렸을 때의 반응이었다.

실험 결과 아기들이 자기 손보다는 어른의 손으로 자극을 줄 때 훨씬 더 많이 고개를 돌린다는 것을 확인했다. 실험자가 아기를 만졌을 때 아기들은 더한층 고개를 돌리고, 입을 벌리고, 빠는 행동을 하고, 혀를 내밀었다.

| 결론 | 신생아는 태어나자마자 자기 신체와 주변 환경의 차이를 아주 잘 구분한다.◆ 아기가 태어난 이후로부터 그 '자아'는 점점 더 사회화되어 생후 6주일이 경과하면 최초로 어떤 방향을 쳐다보면서 진짜 미소를 짓는 아기의 모습을 발견할 수 있다. 그와 동시에 아기는 심리학자들이 '행위 자아'라고 부르는 것을 발달시킨다. 다시 말해 아기는 자기를 둘러싸고 있는 세계와 대상들에 대해 반응하는 능력을 조금씩 발견해나간다.

◆ 이 사실을 증명하는 더 많은 실험을 알고 싶다면 로샤와 구베의 〈영아기에 있어서 신체에 대한 은연중의 인식〉(2000), *Enfance*, 3, 275~286쪽을 참조하라.

이 '행위 자아'는 많은 책이나 연구들에서 아주 빈번하게 인용되는 "식사 시간 동안 의자에서 숟가락 떨어뜨리기"에 이르러 절정에 달한다!

3장

아기의 행동

100 petites expériences de psychologie
pour mieux comprendre votre bébé

⚜ 모방 행동

27

당신의 아기는 따라쟁이일까?

신생아는 얼마나 지나야 자기 아빠나 엄마의 얼굴 표정을 따라할 수 있을까? 태어나자마자? 아니면 좀더 지나서?

만약 당신이 방금 전에 병원에서 아기를 낳은 후 이 책을 읽고 있다면, 다음의 실험을 해보라. 그러면 아마도 깜짝 놀랄 일을 체험하게 될 것이다.

1989년 워싱턴 대학의 심리학자들인 멜초프와 무어는 같은 산부인과에서 태어난 지 이틀 미만인 신생아 40명을 대상으로 실험을 했다. 연구팀은 이 아기들을 신생아실 바로 옆의 작은 방에 있게 했다. 방 안은 불이 꺼져 어두웠고, 실험자의 얼굴만이 조명으로 밝게 비추어졌다. 실험자는 아기의 얼굴 가까이로 다가갔다. 그리고 20초를 주기로 아기에게 혀를 내밀기와 고개를 흔들며 도리질하기를 반복했다(이 두 가지 행동 중 한 가지 행동을 할 때마다 심리학자는 20초 동안 움직이지 않고 간격을 두었다). 이 실험은 8분 동안 진행되었고 이 행동들에 대한 아기들의 반응을 관찰하기 위해 비디오 촬영을 했다.

그 결과, 멜초프와 무어는 어른이 혀를 내밀 때보다는 도리질을 할 때 아기들 역시 도리질을 더 많이 하고, 어른이 도리질을 할 때보다는 혀를

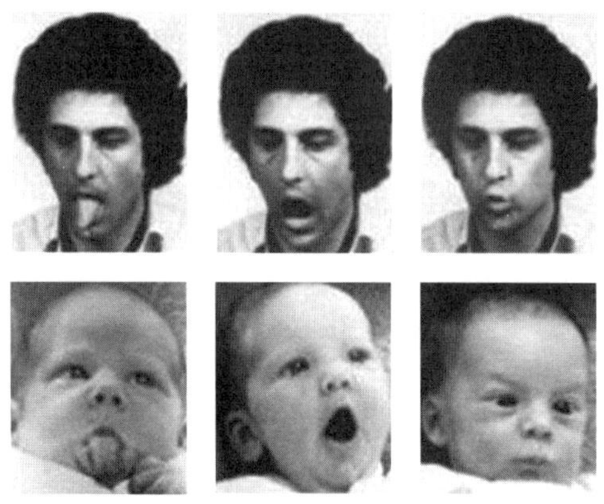

멜초프와 무어가 실시한 또 다른 실험의 사진◆

내밀 때 아기들도 더 많이 혀를 내민다는 사실을 확인했다. 그리고 어른이 동작을 취하는 동안 이런 결과들이 확인되었지만, 그다음 20초 동안 동작을 취하지 않을 때에도 계속 동일한 결과들이 나타났다.

신생아는 어떤 행동을 인지할 때 행동의 실행을 통해, 즉 자기가 직접적으로 따라하면서 그 행동을 기억한다. 심리학자들의 말에 따르면, 아기는 어른의 행동을 자신의 행동을 위한 모델로 이용한다고 한다. 바로 그런 이유 때문에 어른이 행동을 멈추고 난 뒤에도 아기의 모방 행동이 지속되는 것이다.

| 결론 | 신생아는 어른의 신체적 움직임을 알아보고 따라할 수 있는 능력을 가지고 있다. 아기는 사실상 눈 깜빡임(쿠기우무차키스, 1999), 입을 벌리고 혀를 내미는 동

◆ 멜초프, 무어, 〈신생아들의 얼굴과 손동작 모방〉(1977), *Science*, 198, 75~78쪽.

작(쿠기우무차키스, 1999. 멜초프, 무어, 1989) 그 외에도 사람의 다양한 얼굴 표정을 그대로 따라할 수 있다(필드, 우드슨, 그린버그, 코헨, 1982). 이러한 모방 행동들은 어떤 움직임을 인지했을 때 그것에 대해 운동적 반응을 하게 되는 선천적인 능력 때문인 것으로 설명될 수 있다(잔느로, 1997).

아기는 생체적 움직임을 대단히 잘 간파하고 자신들이 지켜보는 얼굴의 움직임에 선천적인 방식으로 반응한다. 사실, 사람이 아닌 사물들을 가지고 이런 결과를 재현하려고 시도했던 연구들은 모두 실패했다. 정말 놀랍지 않은가?

이 책에 소개된 여러 연구들은, 신생아가 단순히 먹고 소화하는 데만 시간을 보내는 존재가 아니라는 사실을 증명해준다. 아기는 자신의 주변 환경을 관찰하고 배우고 적극적으로 반응하는 존재이다.

자, 지금 당장이라도 아기에게 다가가서 얼굴을 마주 보고 여러 번 계속해서 혀를 내밀어보라. 그리고 잠시만 기다려보라. 분명히 이 사실을 확인하게 될 것이다.

✤ 성별 활동과 장난감에 대한 시각적 기호

28

당신의 아들은 언제부터 장난감 자동차를 좋아하게 될까?

당신의 아들은 언제부터 남자아이들이 좋아하는 장난감을 갖고 놀기 시작할까? 이 의문에 대한 답을 찾기 위해 세 명의 심리학자가 아기들을 대상으로 실험을 했다(캠벨, 셜리, 헤이우드, 2000).

그들은 의학 잡지를 통해 지역 병원들에서 60명의 아기들(남자아기 36명, 여자아기 24명)을 모집했다. 모집된 피험자들은 산모가 산달을 모두 채우고 정상적으로 분만한 신생아들이었다. 실험은 아기가 3개월, 9개월, 18개월이 될 때마다 반복 실시되었다. 그래서 이 아기들은 여러 달 동안 계속 테스트를 받아야 했다.◆

아기와 엄마들이 실험실에 도착하면, 실험자들은 엄마들에게 아기를 무릎에 앉힌 후 아기의 행동에 개입하지 말라고 요구했다. 아기 앞쪽으로 약 60센티미터 떨어진 지점에 두 대의 모니터가 설치되어 있었고, 그 사이에 설치된 한 대의 카메라로 아기를 촬영했다. 아기가 두 화면 중 어느 화면을 더 오랫동안 쳐다보고 있는지 알아보기 위해서였다.

◆ 이것은 '장기적 연구'라고 불리는 실험방법이다.

이 화면들에는 각각 전형적인 남아용과 여아용 장난감 사진들이 제시되었다(여자아기들에게는 인형, 오븐, 토스터, 주걱, 유모차. 남자아기들에게는 공, 바퀴, 기차, 자동차).◆ 예를 들어 여아용 장난감이 오른쪽 화면에 나타날 때, 왼쪽 화면에는 남아용 장난감이 동시에 나타나는 식이었다.

그런 다음 아기들은 녹화된 영상들을 보았다. 이 영상들에는 6~7세의 두 아이('화면을 쳐다보고 있는 아기'와 동일한 성별의 아이들)가 전형적인 여자아이의 놀이(인형놀이, 소꿉장난, 전화걸기)나 남자아이의 놀이(펄쩍펄쩍 뛰기, 공차기, 카우보이 놀이)를 하고 있었다.◆◆ 영상의 제시방법은 첫 번째 장난감 사진 실험과 동일했다(즉 오른쪽 화면과 왼쪽 화면에서 동시적으로). 그 결과는 다음과 같았다.

- 생후 3개월부터 남자아기들은 여자아기들보다 남자아이들의 얼굴에 더 무관심한 경향이 있었다.
- 생후 9개월부터 남자아기들은 여아용 장난감 사진보다 남아용 장난감 사진을 더 오랫동안 쳐다보았다.
- 비록 남자아기들과 여자아기들이 남성적인 활동들을 다 같이 쳐다보긴 했지만, 생후 9개월부터는 남자아기들이 여자아기들보다, 화면에서 남자아이들이 카우보이 놀이를 하거나 뛰는 장면을 훨씬 더 오랫동안 쳐다보았다.

◆ 이 실험에서 여아용과 남아용 장난감 사진들은 두 실험자(베렌바움, 스나이더, 1995)가 증명한 성별 간 구분을 근거로 설정되었다.

◆◆ 아기들의 활동은 파곳과 라인바흐의 성별에 따른 장난감 모델 실험(1989)에 근거하여 구분했다.

하지만 다음의 실험을 통해 그보다 훨씬 더 놀라운 사실이 밝혀졌다. 사교성 부분에서 남자아기들과 여자아기들의 차이점(이것을 '성적 2형' 이라고 부른다)을 파악하고, 그 차이가 생물학적인 차이에서 기인하는지, 사회문화적인 차이에서 기인하는지 알아보기 위해 실험자들은 신생아 102명의 행동을 관찰해보고자 했다.

실험자들은 신생아들에게 얼굴(사회적 대상)이나 모빌(물리-기계적 대상)을 제시하며 남자아기들과 여자아기들 간에 행동의 차이가 있는지 살펴보았다. 관찰 결과, 남자아기들은 물리-기계적 대상인 모빌을 더 오랫동안 쳐다본 반면, 여자아기들은 사람의 얼굴을 더 오래 쳐다보았다. 이 연구의 결과들로 미루어볼 때 성 차이는 생물학적인 기원에서 비롯되는 것이 분명하다고 심리학자들은 주장하고 있다(커넬런, 바론-코엔, 휠라이트, 바트키, 알루왈리아, 2001).

2002년 루치마야와 바론-코엔이 생후 12개월 된 아기 60명(남자아기들과 여자아기들)을 대상으로 앞의 실험을 재현했다. 단, 여기서는 실험에 참여한 아기들에게 작은 자동차 모형과 사람 얼굴을 보여주었다. 그 결과는 첫 번째 실험 결과와 동일했다.

| 결론 | 당신은 아들이 남아용 장난감을 좋아하도록 만들기 위해 적절한 시기를 기다려, 아기에게 "너는 남자"라고 일부러 말해줄 필요가 없다. 아기는 그전에 이미 자신의 성과 관련된 장난감과 놀이들을 좋아하는 것으로 보이기 때문이다. 게다가 여러 연구들은 아기가 이미 성별에 관해 '암묵적인 인식'을 갖고 있으며, 직접 말로 표현을 할 수 없어서 그럴 뿐 성별에 대해 훨씬 더 많은 것을 알고 있다는 것을 보여준다.

29

엄마의 행동을 따라하는 아기가 그렇지 않은 아기보다 더 책임감 있는 아이로 자랄까?

생후 12개월 된 아기를 관찰해보라. 아기가 당신의 행동을 그대로 따라하는가? 엄마가 집안일을 하고 있을 때나 아빠가 뭔가를 만들고 있을 때, 아기도 똑같은 걸 하려고 하는가?

만약 그렇다면 아기가 더 자랐을 때 아기의 모방 성향과 성실성 사이의 어떤 연관성을 생각할 수 있을까? 여기에 한 가지 심리학적인 의문이 있다. 생각해보라. 사실 일상생활 속에서 우리는 이런 유형의 의문을 별로 제기하지 않는다!

한 연구는 12개월 된 아기가 자기 엄마를 자연스럽게 약간씩 모방하는지, 많이 모방하는지를 보고 아기가 3~4세가 되었을 때 책임감 있는◆ 아이로 자라날 것인지 아닌지를 예측할 수 있는지 알아보았다.

이 연구에서 포맨, 악산, 코칸스카는 엄마들에게 생후 12~20개월까지의 아기들 앞에서 간단한 행동을 하라고 했다(2004). 예를 들어 엄마들은 테이블 위에서 어떤 식품을 빻고, 그것을 수건으로 닦은 다음, 수건

◆ 여기서 '책임감 있다'는 것은 규칙을 존중하고, 규칙을 어길 때 죄책감을 느끼는 것을 의미한다.

을 멀리 던지는 척해야 했다. 또한 곰 인형을 작은 의자에 앉히고 턱받이를 해준 뒤, 그 곰 인형에게 음식을 먹여주기도 했다.

실험에 참여한 엄마들은 자기 아기가 그 행동을 따라하도록 부추겼다. 실험자들은 아기가 엄마를 적당히 따라하는지, 아니면 엄마의 행동을 열성적이고 의욕적으로 따라하는지를 관찰하고 기록했다(어른이 아기가 쉽게 따라하도록 유도하는가, 아기가 그 행동을 계속 모방하는가, 아니면 첫 번째 행동을 따라한 이후로 모방 행동을 그만두는가 등).

약 2년 후 그 아기들이 생후 30~48개월이 되었을 때, 연구팀은 다시 실험을 실시했다. 하지만 이번에는 아기들이 어른들이 요구한 규칙들을 잘 지키는지 알아보기 위한 실험이었다.

예를 들어 아기들은 담요 속에 어떤 동물이 있는지 알아맞혀야 했다. 만약 아기가 담요 속의 동물을 알아맞히면 그 동물을 선물로 줄 거라고 아기에게 미리 일러두었다. 하지만 실험자는 이 게임에 특별한 규칙이 있다는 것을 아기에게 설명했고, 특히 그 동물을 한 손가락으로 찔러보는 것 이외에 손으로 만지거나 눈으로 엿보는 등의 행동은 금지되어 있다고 일러주었다. 실험자는 이 규칙들을 지키지 않는 건 부정행위, 즉 올바르지 못한 행동이라고 덧붙여 말해주었다.

아기는 3분 동안 그 방 안에 혼자 있으면서 스스로 문제의 해결방법을 찾아내야 했다. 연구팀은 아기들이 부정행위를 몇 번이나 하는지(손으로 담요를 만지는 행위, 담요 안을 슬쩍 들추어보는 행위), 그런 부정행위를 하기까지 걸린 시간은 얼마인지 세심하게 관찰했다.

또 다른 실험에서는 엄마가 아기와 함께 방으로 들어갔다. 테이블 위에는 장난감들이 놓여 있었다.◆ 엄마는 아기에게 장난감들을 갖고 놀지 못하게 하고, 그 방을 나오기 전 다시 한 번 그 규칙을 일러주어야 했다. 아기는 1분 동안 혼자 방 안에 있었고, 장난감들에 대한 아기의 관심을 증폭시키기 위해 실험자가 방으로 들어가서 1분 정도 장난감 놀이를 하고 나왔다. 그 후 아기는 다시 6분 동안 혼자 방에 있었다. 그 일련의 시간 동안 한 실험자가 몰래 아기의 행동을 관찰했다. 실험자는 아기가 장난감을 건드리는지, 만약 건드린다면 어떤 식으로 건드리는지(접촉 시간, 한 손가락으로 조심스럽게 건드리는지 아니면 손으로 덥석 움켜잡는지 등)를 기록했다.

'죄책감'이라 명명한 마지막 실험에서, 실험자는 규칙을 어기고 난 뒤 곤경에 빠져 있는 아기들을 관찰했다. 우선 아기들로 하여금 귀중한 물건들(실로폰, 커피잔 등)을 망가뜨렸다고 믿게 만들기 위해, 실험자는 각각의 아기에게 물건을 제시하면서 이렇게 말했다. "이 물건을 망가뜨리면 안 돼, 이건 내가 아주 아끼는 거니까." 사실 그 물건은 이미 파손되어 있었다(깨진 부분을 아기가 눈치 채지 못하도록 살짝 붙여놓았다).

따라서 물건은 아기가 손으로 잡는 순간 산산조각이 났다. 그때 실험자는 이렇게 소리쳤다. "아, 이런, 이게 무슨 일이야? 누가 이랬어?"◆◆

◆ '금지된 장난감'이라고 불리는 이 실험은 규칙에 대한 성실성과 책임감을 평가하고 그 규칙이 제대로 '내재화'되어 있는지 알아보기 위해 고안된 것이다.

◆◆ 물론, 실험자는 곤경에 처한 아기를 그대로 놔두지 않았다. 아기를 60초 동안 관찰한 후 그 물건을 수리할 수 있다고 아기에게 말해주었다. 그러고 나서 원래의 물건과 똑같은 물건을 몰래 가져와 아기에게 보여주고, 그 물건이 망가진 건 절대로 아기의 책임이 아니라고 분명하게 말해주었다.

그런 다음 실험자는 아기를 60초 동안 관찰했다(아기의 얼굴 표정, 신체적 긴장 정도, 아기가 시선을 피하는지 아닌지, 전반적으로 당혹감을 어떤 식으로 표현하는지 등).

이상에서 연구팀은 아기들이 부정행위를 하는 경향과 아기들의 죄책감을 측정할 수 있었다.

그 결과, 그보다 2년 전에 엄마의 행동을 따라하는 경향이 있었던 아기들은 그렇지 않은 아기들에 비해 훨씬 더 규칙을 잘 지킨다는 사실이 드러났다. 그 아기들은 부정행위를 하는 경향이 덜 했고, 물건을 깨뜨린 후에 죄책감을 더 많이 나타냈다.

그러므로 엄마의 행동을 열심히 따라하는 아기들은 그렇지 않은 아기들보다 정직성과 성실성이 더 빨리 발달하고, 자신의 행동에 대한 책임감을 더 많이 갖는 것으로 보인다.

| 결론 | 만약 아기가 당신이 뭔가를 하고 있을 때 당신의 행동을 열심히 따라한다면 기대해도 좋다. 당신의 아기는 규칙에 대한 존중심이 아주 빠르게 발달하고 다른 아기들보다 더 책임감이 있는 아이로 자라날 뿐만 아니라, 금지된 것과 허락된 것을 분명히 인식할 수 있을 것이다. 또한 자신의 실수나 잘못으로 규칙을 어기고 난 뒤에는 반드시 죄책감을 느낄 것이다. 따라서 그런 아기에게는 되풀이해서 잘못을 나무랄 필요가 없다. 아기 스스로 자신의 실수를 인식하고 있기 때문이다.

왜 그럴까? 심리학자들의 주장에 따르면, 부모를 모방하려는 욕구는 아기를 사회화시키기 위한 엄마의 노력을 아기가 얼마나 잘 받아들이느냐와 아주 밀접한 연관성이 있다고 한다. 이것은 영유아들의 성실성, 책임감, 정직성을 아주 빠르게 발달시킬 수 있다.

게다가 또 다른 연구들이 증명한 바에 따르면, 어린아이들은 자제력 및 도덕성의 발달과 관련된 여러 행동들을 모방을 통해 배울 수 있다(반두라, 1986).

이런 속담이 있다. "내가 말하는 대로 해, 하지만 내가 하는 행동을 따라해선 안 돼." 하지만 심리학 연구 결과를 보면 사실상 다음과 같이 말하는 게 더 나을 듯하다. "내가 하는 행동을 따라해, 그러면 너는 내가 말하는 대로 훌륭한 사람이 될 거야."

⚜ 성인의 시선에 대한 해석 능력

30

당신의 시선이 아기에게 중요한 영향을 미칠까?

흔히 어른들은 자신들이 아기를 돌봐주지 않으면 아기들이 사회로부터 고립될 거라고 생각한다. 하지만 과연 그럴까? 아기는 당신이 보는 것을 따라 볼 수 있을까?

주변을 바라보는 엄마의 시선이 아기의 시선에 영향을 미칠까?

아기의 시선이 어떤 식으로 발달하는지 알아보기 위해, 심리학자들은 12개월, 14개월, 18개월 된 아기 96명을 대상으로 두 가지 실험을 실시했다(브룩스, 멜초프, 2002). 연구팀은 실험에 참여한 아기들을 32명씩 세 그룹으로 나누었다. 이렇게 나뉜 각각의 그룹에는 여아들과 남아들의 수가 동일했다. 연구팀은 아기들이 성인의 주된 신체 동작들에만 근거하여 자신들의 시선 방향을 결정하는지, 또는 어떤 사물을 바라보는 성인의 시선 역시 관찰하는지 알아보고자 했다.

첫 번째 실험에서, 각각의 아기는 엄마의 무릎에 앉아 작은 테이블을 마주하고 있었다. 연구팀은 실험하는 동안 부모가 고개를 돌리거나 아기에게 말을 해서는 안 된다고 지시했다. 실험자는 테이블 맞은편에서 아기와 시선을 마주칠 수 있도록 앉은 다음, 알록달록한 장난감 두 개(둘다 똑같은 장난감)를 테이블의 왼쪽과 오른쪽에 각각 놓았다. 그러고는 아기와 마주 보면서 테이블 위의 장난감을 가지고 논 다음, '고개 돌리기' 실험을 시작했다. 어떤 한순간에 실험자는 말없이 오른쪽 또는 왼쪽의 장난감으로 고개를 돌렸고, 이 동작을 한 아기당 네 번씩 실시했다.

한 조건에서 실험자는 계속 눈을 뜨고 있었다. 아기를 계속 쳐다보다가 장난감들 중 하나를 약 7초 동안 쳐다본 뒤 시선을 다시 원래 위치로 되돌려 아기를 바라보았다.

또 다른 조건에서 실험자는 같은 동작을 실시했지만, 이번에는 눈을 감은 상태로 장난감들 중 하나 쪽으로 고개를 돌렸고, 아기를 다시 마주 볼 때에야 비로소 눈을 떴다.

실험 결과 두 조건들에서 대단히 놀라운 차이가 나타났다.

- 실험자가 눈을 뜨고 있을 때, 아기들 중 90%가 실험자가 쳐다보는 장난감을 똑같이 쳐다보았다. 실험자가 눈을 감고 있을 때에는, 불과 46%만이 그 장난감을 쳐다보았다.
- 뿐만 아니라 장난감을 쳐다보는 시간에도 차이가 났다. 실험자가 '눈을 뜨고 있는' 조건의 아기들이 50% 더 오랫동안 장난감들을 쳐다보았다.
- 아기들의 옹알이 역시 '눈을 감은' 조건(17%)보다 '눈을 뜨고 있는' 조건에서 훨씬 더 많았다(60%)는 것을 확인할 수 있었다.

이 실험 결과를 보면 단지 어른이 어떤 장난감을 쳐다본다는 이유만으로, 아기는 갑자기 그 장난감을 매력적으로 느끼는 것 같다!

두 번째 실험은 아기들이 '시각적 진로 방해'가 어떤 것인지 이해하는지 알아보기 위한 실험이었다. 과연 아기는 어른이 천으로 눈을 가리고 있다는 사실만으로 앞을 보지 못한다는 것을 알아차릴까? 실험방법은 첫 번째 실험과 동일했다. 실험자는 각각의 아기에게 검은 천을 보여준 뒤 그것을 자기 머리 둘레에 묶어 자신의 눈을 가렸다.

아기들 중 절반에게는, 실험자가 아기를 쳐다보고 나서 고개를 돌리기 전에 머리에 두른 천을 내려 눈을 가리는 모습을 보여주었다. 나머지 절반에게는, 실험자가 눈을 가리고 있던 천을 위로 끌어올리면서 눈이 보이게 했다. 실험 결과 여기서도 어른의 시선이 아기들에게 중요한 영향을 미쳤다. 실험자의 눈이 보일 때 아기들은 더 많이 장난감을 쳐다보았다(77%). 그리고 실험자가 눈을 천으로 가리고 있을 때는 아기들 중 56%만이 장난감을 쳐다보았다.

한편 연구팀은 이 실험을 통해 '시각적 진로 방해'를 식별하는 능력이 아기들의 연령에 따라 분명한 차이가 있다는 사실을 알게 되었다. 실험에 참여한 아기들 중 가장 어린 아기들(생후 12개월)은 보다 높은 연령의 아기들에 비해 실험의 두 조건 간의 차이가 덜 나타났다. 사실, 생후 14개월, 18개월 된 아기들은 실험자가 천으로 눈을 가린 상태에서 고개를 돌릴 때 더한층 그 실험자의 고개를 따라갔다. 하지만 12개월 된 아기들의 경우에는 그렇지 않았다.

결론 아기는 어떤 사람이 눈을 감은 상태보다는 눈을 뜨고 어떤 물건 쪽으로 고개를 돌릴 때 그 물건을 더 많이 쳐다본다. 이것은 아기가 당신의 시선을 통해 당신이 뭔가를 볼 때와 보지 않을 때가 언제인지 추론할 수 있음을 말해준다. 이는 모든 연령의 아기들에게서 나타나는 게 아니라 생후 12~14개월이 지난 아기들에게 가능하다. 이때부터 아기는 타인의 관점을 통합할 수 있다.

아기가 어느 정도까지 자기의 사회적 대상에게 민감한지를 확인해보면 대단히 놀랍다. 생후 14개월 된 아기는 단순히 어른이 눈을 감은 채로 자기 옆에 있기만 해서는 충분히 만족해 하지 않는다. 이 시기의 아기들은 상대방이 인지적인 측면에서 교류가 가능한 때가 언제인지 알아볼 수 있기 때문이다. 아기들은 당신이 눈을 감거나 뜬 것을 보고 적절하게 상호작용을 하고 반응할 상태에 있는지 알 수 있다.

공통적인 관심을 가지는 것, 다시 말해 두 사람이 같은 시선으로 쳐다보고 자신들이 보는 사물을 이해하는 것은 인간만의 전형적인 특징인 듯하다. 원숭이의 경우 다른 원숭이의 시선을 통해 그 원숭이가 보거나 보지 않는 것을 추론하지 않는다. 하지만 인간의 아기는 그렇게 한다. 이러한 추론 행위는 아기의 중요한 발달 과정에 속한다.

이 실험들은 아기가 사회적 환경에 민감하며 타인이 인지하는 것을 알아차린다는 사실을 증명해준다. 아기는 고립된 존재가 아니다. 아기는 때때로 타인의 도움을 이용하여 자신에게 수수께끼처럼 보이는 것들을 풀려고 한다. 그리고 사람들이 어떤 대상을 쳐다볼 때 그 대상에 관해 이야기할 거라는 사실을 추론할 수 있다!

아기는 이 미묘한 차이들을 인지하고 결과적으로 자신의 행동을 수정한다. 이것은 다양한 단어들을 익히고 자기 주변 사람들의 감정을 이해하는 데 분명히 중요하다. 타인의 시선 방향을 탐지하는 것은 인간의 사회적 상호교류에 대단히 중요한 요소다.

생후 12개월 전의 아기는 몇몇 물건들을 가지고 놀거나 사람들과 함께 논다. 하지만 아기는 그 두 가지를 따로 구분하는 경향이 있다. 생후 12개월부터 아기는 '다중임무' 방식으로 기능하기 시작한다. 즉 이때부터 사람과 사물에 동시적으로 관심을 기울이고 반응할 수 있다. 여기서 아기는 우리의 신체 일부분, 즉 우리의 눈을 관찰하면서 그렇게 한다!

아기는 사람의 눈과 그 사람이 쳐다보는 사물을 번갈아 쳐다본다. 우리의 시선은 아기에게 우리의 경험을 이용해 물리적인 세계에 관해 배울 수 있는 열쇠가 된다. 심리학자들의 주장에 따르면, 사실상 아기는 어른의 눈을 통해 어떤 사물이 유해하거나 불쾌한 것인지, 바람직한 것인지를 알게 되면서 예측과 선택을 한다.

이처럼 타인의 시선은 아기에게 아주 많은 것을 의미할 수 있다. 바로 그런 이유 때문에 엄마의 시선이 아기에게 대단히 중요한 것이다.

4장

아기의 감정

100 petites expériences de psychologie
pour mieux comprendre votre bébé

31

아기 옆에서는 천장의 거미를 잡으려고 펄쩍펄쩍 뛰는 행동을 해서는 안 될까?

어떤 모호하고 익숙하지 않은 상황에서, 당신의 아기는 어떻게 행동할까? 다가갈까? 피할까? 아니면 울까? 이 의문에 대답하기는 어렵다.

사실상, 익숙하지 않고 의심스러운 사물(예를 들어 요란한 소리를 내는 장난감)을 대할 때, 아기는 우선 주변 사람들이 제공해주는 감정적인 정보들을 참조하면서 그 상황에 적응할 것이다. 아기와 가장 많은 시간을 함께 보내는 엄마야말로 아기가 가장 자주 '참조'하는 대상이다.

한 연구에서 심리학자들은 생후 12개월 된 아기들을 '모의 절벽'에 놓아두었다(소르스, 엠데, 캠포스, 클리너트, 1985). '모의 절벽'은 일종의 유리판으로, 유리의 절반은 불투명하고 절반은 투명하고 유리판 아래 낭떠러지의 깊이는 30센티미터이다. 우선 연구팀은 아기들을 유리판의 불투명한 부분에 앉혔다.

엄마는 유리판의 투명한 쪽 앞에 서서 아기가 그 공간(투명한 유리로 된 모의 절벽 부분)을 건너오도록 격려해야 했다. 그리고 아기가 그 공간까지 다다랐을 때 기쁜 표정, 다정한 표정, 두려운 표정, 화가 난 표정, 슬픈 표정 중 한 표정을 지어야 했다.

그 결과, 아기들 중 74%는 엄마가 기쁜 표정과 다정한 표정을 지었을 때 모의 절벽을 건너온 것으로 나타났다. 반면 엄마가 화가 난 표정과 슬픈 표정을 지은 경우에 그 공간을 건너온 아기들은 훨씬 드물었다. 더욱이 엄마가 두려운 표정을 지었을 때 모의 절벽을 건너온 아기는 한 명도 없었다.

이는 아기가 엄마로부터 제공받은 감정적 정보들에 아주 잘 적응한다는 사실을 분명하게 보여준다. 아기는 긍정적인 감정들(기쁨, 다정함)과 부정적인 감정들(두려움, 분노, 슬픔)을 구분할 뿐만 아니라, 엄마가 제공해준 정보들에 상응하는 행동을 선택할 수 있다. 아기는 타인의 감정을 인지하고 구분할 줄 안다. 뿐만 아니라 그 감정에 근거하여 자신의 행동을 맞출 수 있다.

그렇다면 아기가 참조하는 대상은 엄마뿐일까? 대답은 "그렇지 않다"이다. 아기는 엄마와 아빠 모두에게서 감정적인 표현들과 관련된 정보를 참조하여 이용한다는 사실이 증명되었다(허시버그, 스베자, 1990).

심리학자 허시버그와 스베자는 부모와 함께 있는 생후 12개월 된 아기 66명에게 아주 소란스러운 로봇을 제시하면서 그 엄마와 아빠들에게 기쁨, 두려움, 분노 또는 '무표정'한 얼굴을 아기에게 보여주라고 했다. 그 결과, 아기들은 엄마뿐만 아니라 아빠의 얼굴 표정 역시 똑같이 참조했다.

| 결론 | 낯설거나 익숙하지 않은 상황에 직면했을 때, 아기는 아빠나 엄마 쪽을 쳐다보면서 그들의 얼굴 표정을 관찰한다. 그런 관찰을 통해 아기는 그 상황에서 자기

가 어떻게 행동할지 알게 된다.

그렇기 때문에 당신은 아기 앞에서 어떤 상황들에 맞닥뜨렸을 때 두려움이나 불안감을 가능한 한 드러내지 않으려고 노력해야 한다. 사실, 두렵고 불안한 상황에 직면했을 때 당신이 하는 몸짓이나 비명 등의 감정 표현들은 아기에게 그대로 영향을 미쳐, 아기도 당신과 똑같은 감정들을 느끼게 된다. 그렇게 아기는 당신의 불안과 동요를 참조하면서 두려움을 배울 것이다. 그리고 예를 들면 가족이 모두 타고 있는 차 안에서 아빠가 끊임없이 "저런 멍청한 자식!"이라고 다른 차들을 향해 소리치는 것을 보게 되면, 아기 역시 자동차를 볼 때마다 신경질을 내게 될 수도 있다.

⚜ 텔레비전에서 본 감정적 반응들에 대한 행동

32

아기는 타인의 감정에 영향을 받을까?

아기는 사람들의 말이나 행동을 지켜보면서 뭔가를 배울 수 있을까? 아기는 어떤 결정을 내리기 위해 타인의 감정적 반응들을 참조할까? 만약 그렇다면, 텔레비전에 등장하는 사람들의 행동도 화면 앞에 앉아 있는 아기의 행동에 영향을 미칠 수 있을까?

이 의문들의 답을 구하고자 두 심리학자가 실험을 실시했다(뭄메, 퍼널드, 2003). 그들은 아기가 텔레비전을 통해 어떤 특별한 물건(예를 들어 공)에 대한 다른 사람의 감정적 반응들을 지켜보면서, 그 반응들을 아기 자신이 취할 행동의 본보기로 삼는지 알아보고자 했다.

실험은 생후 10개월 된 아기들(32명)과 12개월 된 아기들(32명)을 대상으로 이루어졌다. 실험자는 텔레비전 화면에 나오는 어떤 '여배우'가 자기 앞에 놓인 물건에 반응하는 태도에 아기들이 어느 정도까지 관심을 기울이는지 알아보기 위해 다음의 두 가지 실험을 구상했다.

아기들에게 제시된 영상에서, 여배우 앞에는 두 개의 물건이 있었다(노란색 물뿌리개 주둥이, 파란색 공, 빨간색 장난감 스프링).◆ 여배우는 그 중 한 가지 물건에 대해서만 반응을 나타내야 했다. 때로는 감정적으로

'무심' 하게(목소리의 억양, 얼굴 표정 등을 통해), 때로는 감정적인 측면에서 '부정적' 또는 '긍정적' 으로 행동했다.

그다음 실험자는 아기들에게 그 물건들을 가지고 놀 기회를 주었다. 그때 생후 12개월 된 아기들은 여배우가 중성적 반응과 긍정적 반응을 보였던 물건도 다른 물건들과 똑같이 가지고 놀았다. 하지만 여배우가 부정적인 반응을 보였던 물건은 전혀 건드리지 않았다.

생후 10개월 된 아기들의 경우, 그 영상을 관심 있게 지켜보긴 했지만 다양한 물건들에 대해 각기 다른 방식으로 행동하지 않았다. 여배우의 감정은 이 아기들에게 특별한 행동 변화를 불러일으키지 않았다.

생후 12개월 된 아기들이 그처럼 텔레비전의 자극에 관심을 기울이고 그 정서적 정보를 통해 행동에 변화를 준다는 사실은 대단히 놀랍다.

이 실험은 텔레비전이 단순히 수동적인 매체가 아니라, 아기의 행동에 영향을 미칠 수 있는 메시지도 전파한다는 사실을 증명하고 있다.

결론 생후 12개월 된 아기는 성인의 감정에 대단히 수용적이다. 심지어 텔레비전 화면에서 비롯되는 감정이라 할지라도 아기는 영향을 받는다. 그러므로 아기와 함께 있을 때에는 대화나 감정 표현들(흥분, 공격, 불안)에 각별히 조심해야 한다. 끝으로, 아기는 깨어 있는 대부분의 시간을 다른 사람들의 행동과 반응을 지켜보며 보낸다는 사실을 기억하길 바란다.

◆ 때로는 공과 물뿌리개 주둥이, 때로는 물뿌리개 주둥이와 스프링, 때로는 공과 스프링.

⚜ 얼굴 표정 식별과 모방 행동

33

아기는 부모의 표정에 나타나는 기쁨과 슬픔을 알아보고 따라할 수 있을까?

어른과 아기 사이의 의사소통에서 중요한 의문들 중 하나는, 아기가 얼굴 표정을 관찰하는 것만으로 어른이 느끼는 감정들을 인식할 수 있는가 하는 것이다.

1976년 네 명의 심리학자는 생후 4개월밖에 안된 아기도 기쁨과 분노의 감정을 구분할 수 있다는 사실을 증명해냈다(라바르베라, 이자르, 비에츠, 파리지). 실험 결과 아기들은 슬픈 얼굴이나 무표정한 얼굴보다는 기쁜 표정을 짓고 있는 얼굴 사진들을 더 오랫동안 쳐다보았다.

아기의 감정 인식에 관심을 가진 또 다른 심리학자들이 다양한 연구를 실시했다. 일반적으로 이 연구 결과들이 증명한 바에 따르면, 타인의 감정적 표정에 대한 아기의 관심 정도는 각기 다르게 나타났다. 아기는 기쁜 표정을 가장 오랫동안 쳐다보았고, 그다음으로 화가 난 표정과 놀란 표정, 두려움과 슬픔에는 가장 관심을 덜 가지는 것으로 나타났다(세라노, 이글레시아스, 로에체스, 1992. 소켄, 피크, 1999).

한편 심리학자 필드, 우드슨, 그린버그, 코헨은 아기가 태어날 때부터 얼굴 표정에 드러나는 몇몇 감정들을 구분할 줄 알 뿐만 아니라 그 표정들을 모방할 수 있다는 사실을 밝히는 데 크게 기여했다(1982).

그들은 생후 36시간이 지난 아기들에게 때로는 슬픈 얼굴, 때로는 기쁜 얼굴, 때로는 놀란 얼굴을 보여주며 아기들의 얼굴을 촬영했다. 그런 다음 이전 상황에 대해 아무것도 모르는 사람들에게 신생아의 얼굴만 보면서 그전에 아기가 어떤 표정을 보았을지 추측해보라고 했다. 그 결과들은 대단히 흥미로웠다.

관찰자들은 아기들의 이마, 눈, 입의 표정 변화를 살펴보면서 이 테스트를 무사히 통과했다. 아기들은 실험 당시 제시되었던 감정적 표정들을 그대로 따라하고 있었기 때문에, 이전 상황에 대해 전혀 모르는 관찰자들도 아기가 그전에 어떤 표정을 보았는지 쉽게 알아낼 수 있었다.

결론 아기가 엄마와 아빠의 감정에 민감하다는 것은 이미 잘 알려진 사실이다. 예를 들어 아기는 아빠나 엄마에게서 중성적 또는 부정적인 얼굴 표정보다는 긍정적인 표정을 볼 때 젖꼭지를 더 오랫동안 물고 있었다(워커-앤드루, 1997).

어떤 연구들은, 아기가 태어나면서부터 어른의 얼굴 표정을 보는 것만으로 어른이 느끼는 감정을 알아낼 수 있을 뿐만 아니라 그 표정들을 따라할 수 있다는 사실 역시 증명하고 있다. 그렇다고 해서 아기가 슬퍼하거나 즐거워하는 것 자체를 이해한다는 말은 아니다. 아기가 어른의 표정을 알아보고 따라하는 것은, 진짜로 그런 감정을 이해하거나 느껴서라기보다는 감정들을 이해하는 초보적인 형태라고 할 수 있다. 하지만 아기는 당신이 어떤 감정을 느낄 때 당신의 얼굴에 드러나는 여러 가지 특징들을 완전하게 알아낼 수 있다.

게다가 아기는 부정적인 감정보다는 긍정적인 감정을 더 좋아하는 것으로 보인다. 그러므로 만약 당신이 방금 황당한 세금 고지서를 받았다 하더라도 표정에 신경을 쓰도록 하라.

당신의 아기가 당신을 지켜보고 있다!

34

아기는 다른 아기들의 울음소리와 눈물에 민감할까?

아기들은 대체로 다른 아기들이 우는 소리를 들으면 따라 울기 시작한다. 이것은 아주 오래전부터 알려져온 사실이다(심너, 1971. 사기, 호프만, 1976). 과연 그 이유는 무엇일까?

우선 아기가 자신의 울음소리와 다른 사람들의 울음소리를 구분할 줄 알기 때문이다. 뿐만 아니라 아기는 자신과 비슷한 또래의 곤경을 알아볼 수 있다. 어쨌든 다음 연구들은 바로 그 점을 증명해주고 있는 듯하다.

돈디 연구팀은 신생아들이 자기 자신의 울음소리와 다른 아기들의 울음소리를 분간할 줄 아는지 알아보기 위해 두 가지 실험을 했다(1999). 첫 번째 실험에서, 연구팀은 깨어 있는 아기 20명에게 녹음해두었던 다른 신생아들의 울음소리를 들려주며 아기들의 얼굴 표정을 관찰했다. 녹음기에 젖꼭지를 연결시켜놓는 방법을 이용해 연구팀은 아기들이 다양한 울음소리들을 들을 때 젖꼭지를 빠는 방식을 변화시키는지도 기록했다 ('가짜 젖꼭지 빨기' 199쪽 참조).

두 번째 실험은 첫 번째 실험을 거의 그대로 재현했다. 하지만 이번에는 아기들이 잠자는 상태에서 실험을 실시했다.

실험 결과, 신생아들은 자신의 울음소리를 들을 때보다 다른 아기들의 울음소리를 들을 때 얼굴이 더 빨개지고 곤혹스러운 표정을 지었다. 이러한 행동은 아기들이 잠을 자고 있을 때에도 마찬가지로 관찰되었다. 게다가 신생아들은 자신의 울음소리를 들을 때보다 낯선 울음소리를 들을 때 젖꼭지를 훨씬 덜 빨았다.

이러한 결과는 신생아가 다른 아기들의 울음소리를 구분하는 능력이 있음을 말해준다. 또한 신생아의 울음소리가 어떤 효과를 낳을 수 있는지도 보여준다. 즉 아기들은 자기 또래의 울음소리를 들을 때 곤혹스러운 표정을 짓는다!

결론 아기는 다른 아기와 자신의 울음소리를 구분할 수 있다. 더욱 놀라운 것은, 다른 아기들의 울음소리가 아기에게 부정적인 영향을 미친다는 사실이다. 그래서 다른 아기들의 울음소리를 들은 아기는 곤혹스러운 표정을 짓는다.

이런 현상은 어떤 의미를 가지고 있을까?

이는 원시적인 공감의 형태로, 다른 아기들의 곤경에 반응하는 아기의 능력은 점차로 발달하여 장차 어른이 되었을 때 이따금씩 타인의 입장에서 생각해볼 수 있는 공감 능력으로 발전하게 될 것이다.

35

아기는 슬픈 음악과 경쾌한 음악을 구분할 수 있을까?

아기가 음악에 맞추어 춤추는 모습을 당신도 분명히 본 적이 있을 것이다. 아기는 즉석에서 미소를 동반한 안무가가 되어 앞뒤로 몸을 흔들면서 옹알이를 하고, 음악을 엄청나게 좋아하는 것처럼 보인다.

그런데 아기는 우리가 모르는 언어로 말하기 때문에 그 취향을 분명히 짐작하는 건 어려운 일이다. 과연 아기는 다양한 분위기의 음악들을 들을 때 어떤 감정을 느낄까? 혹시 우리와 같은 감정을 느끼는 것은 아닐까? 아기가 슬픈 음악에서 슬픔을 느끼고, 기쁜 음악에서 기쁨을 느끼는지 알아보기 위해 한 심리학자가 아주 기발하고 간단한 실험을 생각해냈다(나브로트, 2003).

나브로트는 생후 8개월 된 아기 20명에게 슬픈 얼굴과 즐거운 얼굴의 사진을 때로는 즐거운 음악과 함께, 때로는 슬픈 음악과 함께 보여주었다.◆ 그런 다음 아기가 음악에 따라 두 사진 중 어떤 사진을 얼마 동안 쳐

◆ 아기들이 들었던 음악은 일반적으로 밝고 경쾌한 음악이라고 알려진 음악(모차르트 콘체르토 5번, 알레그로 아페르토)이나 슬픈 음악으로 평가되는(굴드가 연주하는 바흐의 골드베르그 변주곡, var. 16, 아리아) 음악들이었다.

다보는지 관찰했다.

실험 결과, 아기들은 슬픈 음악보다는 경쾌한 음악이 흘러나올 때 즐거운 사진을 더 오랫동안 쳐다보았다. 이런 결과들이 슬픈 사진의 경우에는 관찰되지 않았지만, 생후 8개월 된 아기들은 두 가지 유형의 음악을 제대로 구분할 줄 알고, 즐거운 음악을 더 좋아하는 것처럼 보인다. 사실, 이것은 당연한 일이다. 아기들이 '감정적으로 부정적인' 것보다는 '감정적으로 긍정적인' 것을 더 좋아한다는 사실은 이미 잘 알려져 있다(소켄, 피크, 1999).

결론 어떤 심리학자들은 아기가 음악에 담겨진 정서를 해석할 수 있다는 것을 증명하고자 했다. 아기가 음악에 실린 정서를 이해할 수 있는 게 사실이라면, 당신의 아기는 생후 8개월부터 알비노니의 아다지오보다는 밝고 경쾌한 음악을 더 좋아할 가능성이 아주 크다.

5장

아기의 생각

100 petites expériences de psychologie
pour mieux comprendre votre bébé

36

아기는 아무것도 모르는 바보일까?

아기는 자기가 바라보는 물질적인 세계에 대해 아무것도 이해하지 못할 거라고 생각하는 사람들이 많다. 하지만 그것은 완전히 잘못된 생각이다. 아기를 관찰해보라. 그러면 아기가 아주 이른 시기부터 이미 중력의 법칙(예를 들어 만약 내가 들고 있는 비스킷을 손에서 놓으면, 비스킷은 아래로 떨어질 것이다)이나 인과법칙(예를 들어 내가 소리를 지르고 울면 엄마가 올 것이다)에 관한 몇몇 개념들을 이해하는 어린 과학자라는 사실을 알게 될 것이다.

하지만 심리학자들은 여기에 대해 더 많은 것을 알고 싶어했다. 특히 어떤 시기부터 이런 유형의 이성적 사유를 시작하는지 알고자 했다.

심리학자 헤스포와 바일라전은 뚜껑이 열려 있는 용기에는 어떤 물체를 담을 수 있지만 뚜껑이 막혀 있는 용기에는 물체를 담을 수 없다는 사실을 생후 3개월 반이 지난 아기들이 알 수 있는지를 실험했다(2001). 그들은 '기대에 대한 배반'이라 불리는 방법을 이용했다. 먼저 실험자는 아기들에게 두 종류의 상황을 보여주었다. 첫 번째는 아기의 기대에 부응하는 상황이었고, 두 번째는 아기의 기대에 어긋나는 상황이었다. 실험 결과 만약 아기들이 두 번째 상황을 더 오랫동안 쳐다본다면, 그것은 아기들이 자신들의 기대에 어긋나는 상황을 알아차렸기 때문일 것이다. 이는 결국 아기들이 어떤 기대를 가지고 있었다는 말이 된다.

실험에 참여한 아기들은 익숙해지기 위한 연습 단계를 거쳤다. 그리고 실험자가 팔만 내보인 채 아기 앞에 섰다(첫 번째 조작 그림 참조). 그는 아기에게 두 개의 원통을 제시했다. 그중 하나는 크고 굵은 원통이고 다른 하나는 보다 작고 가는 원통이었다. 실험자는 아기에게 크고 굵은 원통의 속이 움푹하다는 것을 보여준 다음, 그 원통 속에 작고 가는 원통을 집어넣었다.

잠시 후 실험자는 두 번째 조작을 실시했다. 하지만 이번에는 첫 번째 실험과 달리 크고 굵은 원통의 윗면이 외관상으로 막혀 있었다(두 번째 조작 그림 참조). 그래서 그 원통 안에 물체를 집어넣는 것이 불가능해 보였다. 그런데도 실험자는 큰 원통 안에 작은 원통을 집어넣었다(사실 큰 원통의 윗면에는 자석으로 된 뚜껑이 붙어 있었기 때문에 힘을 주어 윗면을 밀면

첫 번째 조작

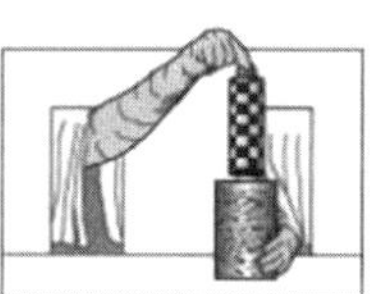
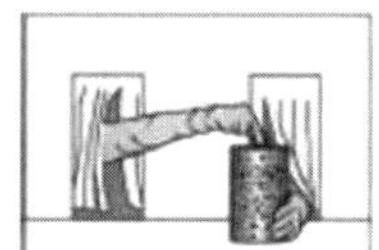

두 번째 조작

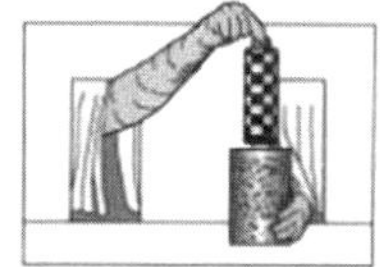
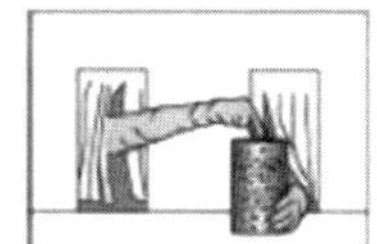

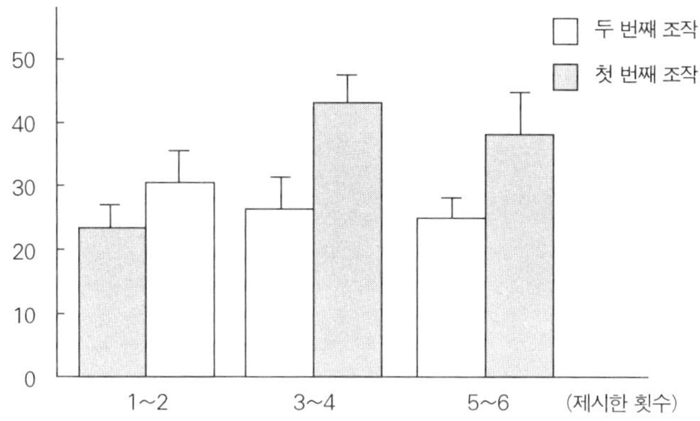

뚜껑이 안으로 밀려들어갔다). 이 조작 과정은 여섯 번 반복 실시되었다. 그 결과, 아기들은 윗면이 뚫려 있는 원통보다는 막혀 있는 원통의 조작 장면을 더 오랫동안 쳐다보았다.

심리학자들은 다시 한 번 이 실험을 시도했다. 하지만 이번에는 보다 어린 아기들을 대상으로 실험했다(생후 2개월 반). 그 결과, 이 연령의 아기들도 윗면이 뚫려 있는 원통 안에는 어떤 물체가 들어갈 수 있지만 닫혀 있는 원통 안에는 들어갈 수 없다는 것을 이미 알고 있는 것으로 나타났다!

결론 아기는 생후 2개월 반부터 열림과 닫힘에 대한 간단한 개념을 습득하고 열린 것과 닫힌 것을 식별할 수 있다. 아기는 열린 용기 속에는 물체를 넣거나 빼낼 수 있지만 닫힌 용기로는 그렇게 할 수 없다는 것을 안다. 따라서 생후 3개월째가 되면 당신이 닫힌 문을 열고 밖으로 나가는 것을 보고 매우 놀랄 것이다.

그러므로 행여나 말 못하는 아기들이라고 우습게 봐서는 안 된다.

⚜ 기대치의 형성

37

아기는 경험을 통해 앞으로의 일을 예상할 수 있을까?

신생아는 사건들을 예측할 수 있을까? 한 실험은 그렇다는 것을 증명하고 있다.

블래스, 간크로우, 슈타이너는 신생아의 왼쪽 이마를 손가락으로 살짝 건드린 후 입술 오른쪽에 설탕물을 한 방울 떨어뜨리는 실험을 했다(1984). 실험자가 이 과정을 여러 번 반복한 뒤 다시 아기의 이마를 건드리자, 아기는 설탕물을 얻을 수 있는 쪽으로 고개를 돌렸다. 가장 놀라운 사실은, 이마에 손가락이 닿은 후에도 설탕물이 떨어지지 않을 경우 아기가 동요하면서 실망감을 나타냈다는 것이다. 아기는 촉각적인 자극이 없을 때 부정적인 표정과 몸짓을 나타냈다. 이를 통해 아기가 그 사건을 예측하고 기대치를 가지고 있었던 것을 알 수 있다.

또 다른 연구에서, 실험자는 태어난 지 하루가 지난 신생아들을 손으로 쓰다듬어준 뒤 달콤한 레몬향을 맡게 했다. 다른 조건의 아기들에게는 레몬향을 맡게 하지 않고 그냥 어루만지기만 했다. 그리고 또 다른 조건의 아기들에게는 레몬향만 맡게 했다. 이 실험은 30초 동안 10회 반복되었다.

그 이튿날, 실험자는 세 조건의 신생아들에게 똑같이 레몬향을 맡게 한 다음 어떤 아기가 어떤 조건에 속하는지 전혀 모르는 사람에게 아기들의 다양한 행동들을 평가하게 했다.

그 결과, 레몬향을 맡게 한 뒤 쓰다듬어준 아기들은 그 향기가 나는 쪽으로 고개를 돌렸다(하지만 실험자가 그와 동일한 아기들에게 꽃향기를 맡게 했을 때는 아무런 반응도 나타나지 않았다). 여기서도 신생아들이 연속적인 사건들에 대해 기대치를 갖고 있다는 사실이 증명되었다! (셜리반, 타보르스키-바르바, 멘도자, 이타노, 레온, 코트만, 페인, 로트, 1991)

| **결론** | 아기가 아빠나 엄마가 집으로 돌아오는 소리, 아니면 형이 "학교 다녀왔습니다!"라고 소리치며 현관에 책가방을 던지는 소리를 들을 때 즐거워하는 이유에 대해 더 이상 궁금해 하지 마라. 아기는 그 소리들을 알아듣고, 자신이 곧 그들과 가지게 될 긍정적인 상호교류를 예상한다. 다시 말해, 그 소리들이 곧 자신에게 기쁨을 안겨다줄 거라는 기대치를 갖고 있는 것이다.

의도적인 행동에 대한 이해력

38

아기는 언제부터 '나는 하고 싶지 않아'와 '나는 할 수 없어'를 구분할까?

아기는 어떤 연령에 이르면 어른의 신체적 행동이 의도적이라는 것을 이해하게 된다. 이 단계는 아주 중요하다. 바로 그순간이 '기지 이론'의 시작을 의미하기 때문이다.◆

당신이 성냥을 가지고 있으면 그 행동이 불을 켜기 위한 것이라고 생각하는 등, 아기는 모든 행동에 목적이 있다는 것을 알게 된다. 하지만 아기가 언제부터 어떤 행동의 외적인 결과를 보지 않고도 그 행동의 목적을 이해할 수 있는지 심리학자들이 알아내기는 어렵다.

예를 들어 아기가 물잔을 이용해 물을 마시는 아빠를 보았다고 하자. 잠시 후 엄마가 물잔을 이용해 물을 마시는 모습을 볼 때, 아기는 단순히

◆ 기지 이론(esprit theory)은 타인의 행동을 보고, 각각의 행동과 개별적인 정신 상태를 연관 지으면서 그 행동을 이해하고 예견하는 능력을 말한다. 이것은 타인의 의도, 믿음, 표현 등을 가정할 수 있는 능력이다. 아기는 3~4세 무렵이면 이 능력을 완전하게 발달시킨다. 이 연령이 되면 아기는 한 상황에 대해 타인의 입장에서 생각하면서 그 사람의 반응을 추론할 수 있게 된다. 그것이 바로 '공감'의 시작이다. 예를 들어 평소에는 침대 밑에 있던 당신의 슬리퍼가 지금은 옷장 아래에 있다. 그런데 아기는 그 사실을 알고 당신은 모른다. 이런 경우 아기는 당신이 우선 침대 밑을 쳐다볼 것이라고 예상한다. 아기는 당신이 '잘못된 믿음'을 가지고 있다는 것을 알고 있다. 그래서 당신이 잘못된 행동을 할 거라고 예측하는 것이다.

자기가 앞서 보았던 행동 장면을 가지고 계속 추론할 것이다. 그러면서 잔을 가져다가 물을 따라서 입으로 가져가는 행동이 실제적으로 의도적인 것이며 하나의 목적을 위한 행동, 즉 물을 마시기 위한 행동이라는 것을 이해한다.

그렇다면 과연 아기는 언제부터 의도적인 행동에 대한 이해력을 갖게 될까?

몇몇 심리학자들은 이 수수께끼를 풀기 위해 최근 한 연구를 실시했다(베네, 카펜터, 콜, 토마젤로, 2005). 그들은 성인이 아기에게서 때로는 의도적으로 때로는 우연한 방식으로 장난감을 빼앗는 시나리오를 구상했다.

각각 6개월, 9개월, 12개월, 18개월 된 97명의 아기들이 실험에 참여했다. 실험자가 장난감 하나를 아기에게 건네주면 아기는 그것을 약 30초 동안 가지고 놀 수 있었다. 30초가 지나면 실험자는 그 장난감을 빼앗고 또 다른 장난감을 아기에게 주었다. 이 과정은 여러 번 반복되었다.

첫 번째 조건에서 실험자는 계속 미소를 띤 채 약을 올리고 짓궂게 굴면서 아기에게 장난감을 주었다가 빼앗는 행동을 여러 번 반복했다(이른바 '장난감을 줄 의향이 없는' 상황).

두 번째 조건에서 실험자는 우연하게 장난감을 떨어뜨리거나, 투명한 용기 안에 들어 있는 장난감을 꺼내기 위해 30초 동안 뚜껑을 열려고 애쓰다가 결국 성공하지 못하는 척했다. 그사이 실험자는 장난감을 손에 넣을 수 없는 것에 대한 실망감을 얼굴 표정과 몸짓으로 계속 표현했다(이른바 '시도' 상황).

마지막으로 세 번째 조건에서 실험자는 아기를 향해 장난감을 든 손을 내밀지만 아기가 그것을 잡을 수 없도록 했다. 또한 이 동작을 하는 동안 여러 번 되풀이해 그 방 안에 있는 또 다른 사람에게로 고개를 돌려 대화를 나누었다. 이 상황에서 실험자는 마치 그 대화에 집중하고 있다는 듯이 아기에게는 완전히 무관심한 표정을 짓고 있었다(이른바 '무관심' 상황).

실험 결과, 생후 9개월부터 아기들이 적절한 방식으로 반응한다는 사실이 드러났다. 장난감을 손에 넣을 수 없는 상황일 때보다는 실험자가 장난감을 줄 의향이 거의 없을 때(즉 약을 올리면서 짓궂게 괴롭힐 때), 아기들은 더 초조해 했다(그때 아기들은 그 물건을 잡으려고 애를 쓰면서 허우적댔다). 반면에 생후 6개월 된 아기들은 두 상황 모두에서 초조함을 나타냈지만 그 정도에는 차이가 없었다.

생후 9개월쯤이 되면 아기는 단순히 타인의 신체 움직임만 인지하는 게 아니라, 그 행동들을 자기가 짐작한 어떤 목적과 관련하여 해석한다. 동일한 결과로, 아기는 어른이 하는 행동의 다양한 목적들을 분명히 구분할 줄 안다. 즉 어른은 장난감을 주려 하지만 아기 자신이 그 장난감을 잡지 못하는 상황인지, 아니면 어른이 장난감을 주지 않을 작정을 하고 자기를 짓궂게 괴롭히기만 하는지, 아기들은 정확하게 파악한다.

또한 어떤 행동의 성공이나 실패(장난감을 받았다, 받지 못했다)의 원인이 무엇인지 안다. 간혹 결과가 의도와 다르게 나타나더라도 그 행동의 진정한 의도를 이해한다. 말하자면 아기는 어른이 자신의 목적(아기에게 장난감을 주려는 것)을 결과적으로 달성하지는 못했지만 그 목적에 도달하려고 애를 썼다는 사실을 안다. 그리고 그런 경우가 '어른이 장난감을 주지 않으려는 목적을 갖고 있었기' 때문에 장난감을 손에 넣지 못한 경우와는 다르다는 것을 이해한다.

결론 아기가 태어난 지 9개월이 지나면 당신은 지금 당장 아기가 원하는 것을 해줄 수 없다는 것을 아기에게 설명하고 그 이유를 직접 보여줌으로써 아기를 납득시킬 수 있다. 예를 들어 아기가 식사시간에 음식을 빨리 달라고 재촉할 경우 당신은 지금 음식을 준비하고 있는 중이라는 사실을 보여주어 아기를 달랠 수 있다. 아기에게 완성되어가는 음식 냄새를 맡게 해주어라. 그러면 아기는 당신이 하나의 목적, 즉 자기에게 음식을 만들어주기 위해 전심전력을 다하고 있음을 이해할 것이다.

❧ 대상의 지속성

39

눈앞에서 사라진 아빠는 아기에게 계속 존재할까?

여기 생후 6개월 된 아기가 있다. 만약 당신이 아기가 아주 좋아하는 장난감을 수건 밑에 감춘다면, 아기는 어떤 반응을 보일까? 당신은 아마도 아기가 수건을 들추어 장난감을 찾아낼 거라고 생각할지도 모른다. 아기가 보는 앞에서 그 장난감을 감추었고, 작은 토끼 인형의 형체가 수건 위로 드러나 있기 때문에……. 하지만 실제로는 그렇지 않다. 아기는 수건 밑에 있는 토끼 인형을 찾아내지 못한다.

지금으로부터 60여 년 전 너무도 저명한 한 아동심리학자가 관찰을 통해 "아기에게 감춰진 물건은 더 이상 존재하지 않는 물건이나 마찬가지"라고 추론했다(피아제, 1937). 피아제는 눈앞에 보이지 않는 대상이 '지속적으로 존재' 한다는 것을 인식할 수 있는 아기의 능력은 아주 늦은 시기(적어도 생후 24개월 이후)부터 나타나 매우 점진적으로 발달된다고 생각했다.

사실, 우리가 생후 10개월 정도 지난 아기에게 이 실험을 한다면, 아기는 자신의 장난감을 되찾기 위해 그 수건을 직접 들어올릴 것이다. 하지만 두 번째 단계에서, 첫 번째와 마찬가지로 아기가 보는 앞에서 장난감을 수건 밑이 아닌 다른 곳에다 숨긴다 해도 아기는 계속 그 수건 아래에서 장난감을 찾을 것이다. 다시 말해 처음에 그 장난감을 숨긴 장소만을 확인하려 할 것이다.

하지만 오늘날에는 다음과 같은 사실이 밝혀졌다. 생후 3개월 된 아기는 막 눈앞에서 사라진 어떤 물건이 어딘가에 계속 존재한다는 것을 이해할 수 있다. 그 물건이 더 이상 자기 눈에 보이지 않는다 할지라도…….

이 분야에서 실시된 수많은 연구들 중에, 생후 3개월 된 아기들에게 화면상으로 작은 장난감을 보여주면서 그 장난감을 화면의 한쪽에서 다른 쪽으로 이동시키는 실험이 있었다. 이것에 '익숙해지기 위한 연습단계'에서, 작은 생쥐가 화면(일종의 직사각형 가리개) 앞을 지나갔다가 다른 쪽에서 다시 나타났다. 아기들은 이 장면을 쳐다보고 있었다.

그런 다음, 실험자는 그 가리개를 위쪽이나 아래쪽에 창이 나 있는 또 다른 가리개로 대체시켰다. 그 생쥐는 계속해서 이동했다. 가리개 위쪽에 창이 나 있을 때, 생쥐는 남아 있는 가리개에 모습이 가려져 보이지 않았다. 그런데 가리개 아래쪽에 창이 나 있는 경우, 생쥐의 모습이 아래쪽 창에 분명히 나타나야 하는데도 불구하고 나타나지 않았다! 하지만 생쥐는 가리개의 또 다른 쪽에서 나타났다(사실, 아래쪽 창은 실험자가 뚫린 창으로 보이기 위해 고안한 '가짜 창'이었다).

실험자는 아기들을 관찰하면서 다음과 같은 사실을 발견했다. 가리개 위쪽에 창이 나 있을 때보다는 세 번째 경우, 즉 가리개 아래쪽에 창이 나 있을 때 아기들은 화면을 더 오래 쳐다보았다.

아기들은 아래쪽 창에 생쥐의 모습이 나타나지 않는 것을 보고 놀란 것

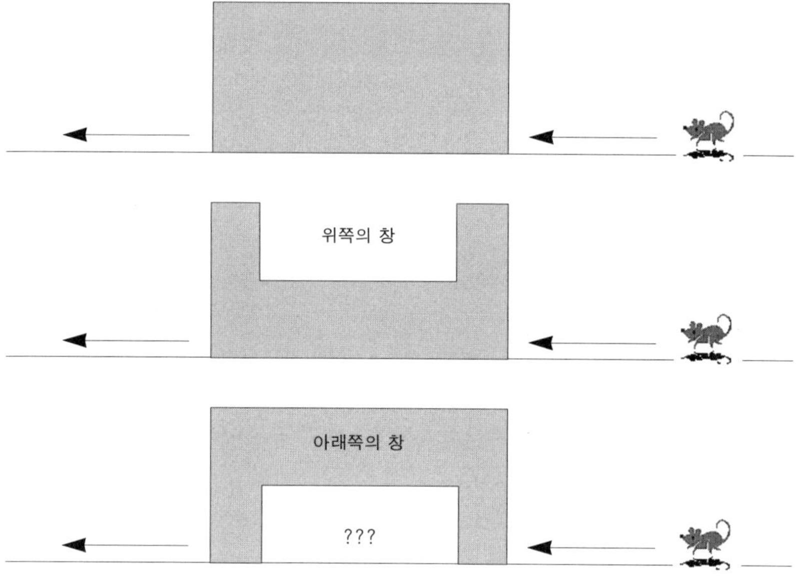

같았다. 이것은 아기들이 생쥐가 화면 뒤로 사라진 후에도 계속 존재한다고 생각할 뿐만 아니라, 생쥐가 사라졌다가 아래쪽 창에서 나타나지 않고 다른 쪽에서 다시 나타날 수는 없다고 생각했음을 말해준다(아귀아르, 바일라전, 2002).

사람들이 오랫동안 믿어왔던 것과는 달리, 아기는 어떤 대상이 눈앞에 보이지 않는다고 해서 더 이상 존재하지 않는다고 생각하지 않는다. 이것은 이제 완전히 입증된 사실이다.

반면에, 아기가 어떤 물건을 다른 장소에 숨기는 것을 보고서도 처음에 그 물건이 숨겨져 있던 곳에서 계속 그 물건을 찾는 이유를 밝혀내는 것이 훨씬 더 어렵다. 아마도 아기는 그 물건을 정확한 장소에서 찾아내지 못한다 하더라도, 그 물건이 어딘가에 숨겨져 있다는 사실만큼은 알고 있는 듯하다.

젖먹이가 어떤 물건을 손에 잡을 수 있다고 해서 대뇌 활동이 완벽하게 기능한다고 말할 수는 없음을 알아야 한다. 몸동작의 원활한 기능이라는 측면에서 아기는 아직도 한참 미숙한 단계에 있다. 그래서 이전에 어떤 행동을 성공적으로 실현했기 때문에 그 행동을 재현하려는 경향이 있다. 스스로가 그 상황이 이전과 다를 뿐 아니라 성공할 가능성도 아주 낮다는 사실을 어느 정도 짐작할지라도 아기는 그 행동을 반복하려 할 것이다. 이는 어른이 자동차 열쇠를 잃어버렸을 때 이전에 열쇠를 찾았던 곳에서 다시 찾으려 하는 경향과 비슷하다. 열쇠가 그곳에 있을 가능성이 거의 없다는 사실을 분명히 알고 있으면서도…….

결론 아빠가 일을 하러 나간다 해도 아기에게 아빠는 계속 존재한다. 아기는 아빠가 단지 다른 곳에 있다는 것을 안다.

만약 당신의 아기가 아빠를 다시 만났을 때 웃는다면, 그것은 아빠의 환영을 보고 놀라서가 아니라 아빠와 함께할 즐거운 일들을 예상하고 있기 때문이다.

마찬가지로 엄마가 아기 방에서 나갈 때 아기가 운다면, 그것은 엄마가 완전히 사라진다고 생각해서가 아니다. 아기가 우는 것은 엄마가 있는 장소를 잘 파악하지 못하기 때문이다.

수에 대한 추상적 이해 능력

40

생후 5개월 된 아기가 3까지 수를 셀 수 있을까?

생후 5개월 된 아기가 3까지 수를 셀 수 있을까? 이 의문에 대한 대답은 놀랍게도 "그렇다"이다!

사실, 아주 최근에 CNRS(프랑스 국립과학원), 그르노블 대학, 파리 대학의 심리학자들은 영아들이 숫자 2와 3을 구분할 줄 안다는 사실을 증명했다(하지만 아기들은 그 이상의 숫자는 구분할 줄 모른다). 이러한 구분은 촉각뿐만 아니라 시각적으로도 이루어진다.

따라서 생후 5개월 된 아기는 아주 적은 수나 양을 구분할 수 있다.

이 흥미로운 결론을 증명하기 위해, 심리학자들은 생후 5개월 된 아기 20명에게 때로는 각기 다른 물건 두 개, 때로는 세 개를 손에 쥐어주었다(페롱, 겐타즈, 스트레리, 2006). 이때 아기들은 그 물건들을 눈으로 볼 수 없었다(a : 큐브, b : 공, c : 고리).

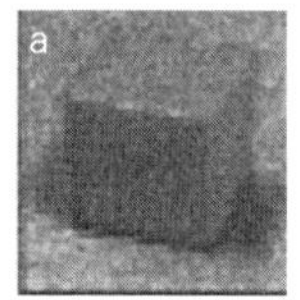

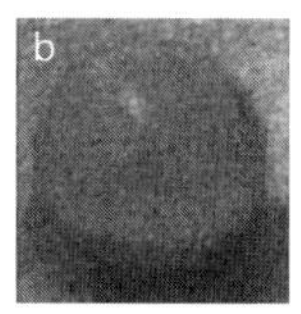

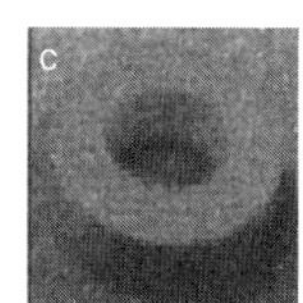

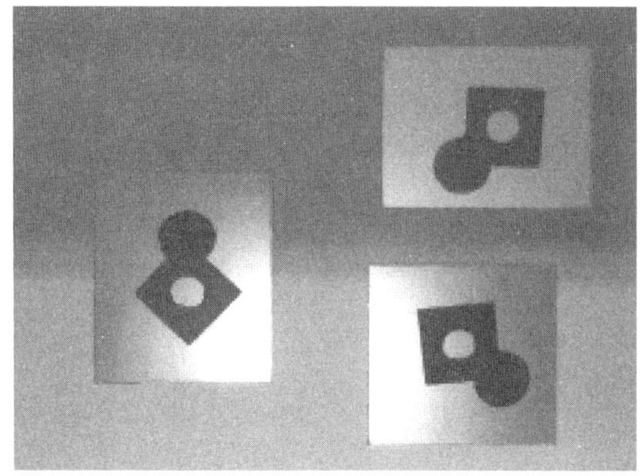

© J. Féron / CNRS

그런 다음 연구팀은 아기들에게 때로는 두 개, 때로는 세 개의 물건들이 포함된 화면들을 보여주었다.

위 사진에서 확인할 수 있는 것처럼, 화면에 나타난 물건들의 형태는 각기 달랐다. 이 실험은 아기들이 형태가 아니라 양의 차이를 구분할 수 있는지 측정하기 위한 것이었다.

연구팀은 이 화면들을 대하는 아기들의 태도를 관찰했다. 그런데 놀라운 일이 벌어졌다!

오른손에 두 개의 물건을 쥐고 있는 아기들은 두 개의 물건이 포함된 화면보다 세 개의 물건이 포함된 화면을 더 오랫동안 쳐다보았다.◆ 그리고 그 반대의 경우, 즉 세 개의 물건을 쥐고 있는 아기들은 세 개의 물건이 포함된 화면보다는 두 개의 물건이 포함된 화면을 더 오랫동안 쳐다보았다. 연구팀은 또 다른 24명의 아기들을 대상으로 이 실험을 재현했다.

◆ 이처럼 더 오랫동안 관찰하는 것은 아기들이 새로운 것에 대해 반응한다는 것을 증명한다.

그리고 첫 번째 실험과 동일한 결과를 얻었다.

이 실험 결과들은 아기가 작은 수에 대한 추상적 이해 능력을 분명히 갖고 있다는 것을 증명한다.

결론 유아심리학에서는 일상적으로 다음과 같은 사실이 발견된다. 생후 5개월 된 아기는 숫자 2와 3을 구분할 줄 안다. 이 시기의 아기는 자기가 만진 물건의 양을 기억하기 때문에, 하나의 이미지를 보여주면 그와 동일한 양을 알아본다. 이를 근거로 아기가 작은 수와 양에 대한 '추상적 이해 능력'(즉 의미들과는 무관한)을 가졌다고 볼 수 있다.

생후 5개월부터 아기는 몇몇 작은 숫자들을 추상적으로 인식한다(2나 3). 하지만 그 이상의 숫자들은 전혀 인식하지 못한다. 그리고 상당히 늦은 시기까지 이처럼 작은 숫자만을 인식하는 것으로 보인다(영유아는 말을 하기 시작하면서 3까지 수를 셀 수 있게 되지만, 그 이상의 수를 세는 건 훨씬 더 어렵기 때문이다).

아기에게 〈아기 돼지 삼형제〉를 읽어줄 때 첫 번째 돼지의 이름을 빠뜨리면 아기가 엄청나게 놀라는 이유를 이제 분명히 알 것이다!

6장

아기의 언어

100 petites expériences de psychologie pour mieux comprendre votre bébé

⚜ 언어적 차이에 대한 초기 인식 능력

41

아기는 만국어에 능통할까? 만약 그렇다면 그 천재성은 언제까지 지속될까?

어떤 언어들에는 그 언어를 사용하는 사람들만이 구분할 수 있는 특별한 소리, 즉 '음성학적인 대조군'이 있다. 예를 들어 힌디어에는 'Da'와 'da'가 존재한다. 유럽 사람들은 그 둘을 구분하지 못한다. 유럽인들의 귀에는 'Da'와 'da'가 동일한 소리로 들린다. 유럽인들은 실제로 그 둘 사이에 아주 미미한 억양의 차이가 있다는 사실을 인지하지 못한다. 하지만 아기의 경우는 어떨까?

1988년에 아동의 언어 습득에 관심을 가진 심리학자들인 웨커와 라론드가 놀라운 실험을 실시했다. 그들은 생후 6~8개월 된 아기 8명과 생후 11~12개월 된 아기 8명 그리고 힌디어를 사용하는 인도 사람 5명과 영어를 사용하는 사람 18명을 실험에 참여시켰다(이 실험에 참여한 아기들은 모두 영어권 부모들에게서 태어났다).

연구팀은 아기와 어른들에게 유럽권 언어들에 있는 일련의 음소들(Ba Ba Ba Da Da Da)과 힌디어에 있는 음소들(DA DA DA da da da)을 들려주었다. 그리고 '고개 돌리기' 방법◆을 이용하여, 아기들이 제시된 일련의 음소들에서 나타나는 미묘한 억양 차이를 구분할 수 있는지 알아보았다.

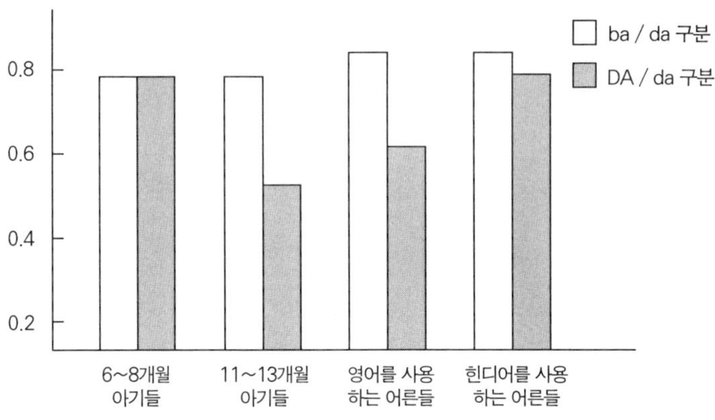

그 결과 웨커와 라론드는 영어와 힌디어의 음성학적 대조들 간의 차이를 구분할 수 있는 피험자가 누구인지 확인할 수 있었다.

영어를 사용하는 어른들의 경우 'ba'와 'da'의 차이는 쉽게 구분한 반면 'DA'와 'da'의 구분은 훨씬 더 어려워했다. 그리고 힌디어를 사용하는 어른들은 그와는 정반대였다.

가장 어린 아기들(생후 6~8개월)은 힌디어를 사용하는 어른들 못지않게 'da'와 'DA'를 구분할 줄 알았다. 그러나 이상하게도 이 능력은 생후 11개월부터 사라지는 것처럼 보였다! 생후 11~13개월 된 아기들은 영어를 사용하는 어른들처럼 반응했다. 다시 말해 이 연령의 아기들은 자

◆ 고개 돌리기(head-lurning). 아기의 오른쪽 또는 왼쪽에서 스피커를 통해 단어들을 들려준다. 그리고 아기가 고개를 돌리는 동작을 관찰함으로써 아기가 그 단어들을 구분할 줄 아는지 추론해낸다. 고개 돌리기 방법₩에 대한 보다 자세한 내용을 알고 싶으면 이 책의 200쪽을 참조하라.

신들의 모국어에서 사용되지 않는 대조군을 분간해내지 못했다.

| 결론 | 태어나서 처음 몇 개월 동안 아기는 이 세계의 모든 언어들에서 사용되는 모든 음성학적 대조들을 분간할 수 있다. 하지만 생후 10개월이 지날 무렵부터 이 능력을 잃어버리고 모국어의 음소들만을 인지할 수 있게 된다.◆◆ 그래서 이 시기 이후의 아기들은 외국어의 언어학적인 대조와 음조들을 분간할 줄 모른다. 이러한 청각적 인지 장애는 나이가 들어가면서 제2외국어를 습득하기가 점점 더 어려워지는 이유를 설명해주기도 한다.

◆◆ 신생아가 모국어의 음성학적 범주에 대한 특수한 식별 능력을 가지는 것은 뇌의 측두부를 가르면서 뻗어 있는 실비우스 주름 속에 묻혀 있는 뉴런 망의 작용 때문이다.

언어 식별 능력

42

아기는 다른 언어와 모국어를 쉽게 구분할 수 있을까?

신생아는 다른 언어보다 모국어로 된 문장들을 더 많이 들을 수 있도록 젖꼭지 빠는 방식을 조절할 수 있을까?

당연히 그럴 수 있는 것으로 보인다.

한 실험에서 문, 쿠퍼, 피퍼는 태어난 지 하루 된 아기가 모국어와 다른 언어 중 어느 쪽을 선호하는지 알아보았다(1993). 실험에 참여한 신생아들의 엄마들은 에스파냐어 또는 영어를 사용하는 사람들이었다. 실험자들은 '가짜 젖꼭지 빨기'를 이용하여 신생아들을 테스트했다.

실험자들은 아기들에게 에스파냐어를 사용하는 여자와 영어를 사용하는 여자가 읽은 문장들을 녹음한 소리를 들려주었다. 그 결과, 신생아들은 다른 언어로 녹음된 문장들보다는 모국어로 녹음된 문장들을 더 오래 들으려고 애썼다(가짜 젖꼭지를 빠는 행동을 통해). 그러므로 태어난 지 몇 시간밖에 안된 신생아들도 이미 모국어를 식별한다는 가정이 사실인 것으로 밝혀졌다.

또 다른 연구들 역시 아기들이 외국어 문장보다는 모국어가 들려오는 스피커 쪽으로 더 빨리 고개를 돌린다는 사실을 증명했다.

모국어와 외국어에 대한 아기의 반응 시간(초)

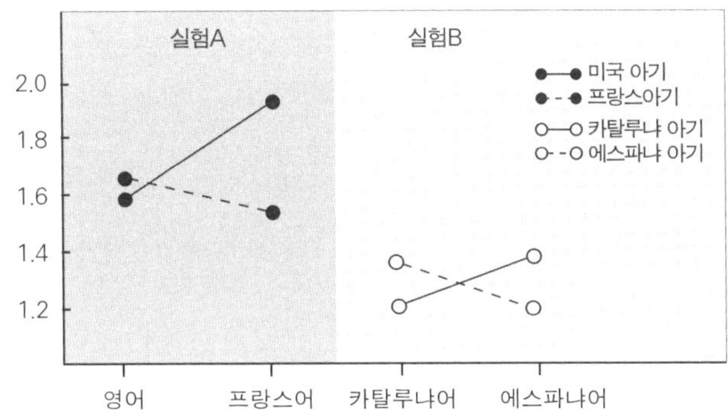

- 실험 A : 2개월 된 아기 28명이 모국어와 외국어에 반응한 시간을 나타낸다. 이 아기들은 외국어보다는 모국어 문장이 들려오는 쪽으로 더 빠르게 고개를 돌렸다(데헤네-람베르츠와 휴스턴, 1998).
- 실험 B : 생후 4개월 된 아기 20명이 모국어와 외국어에 반응한 시간을 나타낸다. 이 아기들은 외국어보다는 모국어 문장이 들려오는 쪽으로 더 빠르게 고개를 돌린다(보쉬와 세바스티앙-갈, 1997).

데헤네-람베르츠와 휴스턴은 실험을 위해 두 개의 스피커를 아기의 양쪽에 30도 각도로 설치했다(1998). 그런 다음 녹음된 문장(프랑스어와 영어로 읽는 〈아기 돼지 삼형제〉의 문장들)이 들려오는 스피커 쪽으로 고개를 돌리는 아기들의 반응 시간을 기록했다.

보쉬와 세바스티앙-갈은 생후 4개월 된 아기들(카탈루냐와 에스파냐 아기들)을 대상으로 이같은 실험을 실시해 동일한 유형의 결과를 얻었다(1997).

| 결론 | 카탈루냐 아기이건, 에스파냐 아기이건, 미국 아기이건, 프랑스 아기이건, 크로아티아 아기이건 간에 그리고 태어난 지 1~2일, 또는 4개월 된 아기이건 간에, 아기들은 모국어를 식별할 줄 안다.

이처럼 아주 이른 시기, 즉 엄마 뱃속에서부터 모국어에 익숙해지는 것은 가능한 일이다. 사실, 우리는 태아가 소리를 민감하게 받아들이며, 일단 세상에 태어나면 자기 엄마의 목소리를 알아들을 수 있다는 사실을 앞에서 이미 확인했다.

43

마르세유 아기는 마르세유 억양을 사용할까?

아기는 계속 옹알거린다.◆ 심지어 어떤 아기들은 엄청난 수다쟁이들이다. 하지만 아기가 무슨 말을 하고 있는지 알아듣는 것은…….

아기가 옹알이를 하는 것은 자기 주변에서 들리는 말을 그대로 따라하려는 것이라고 생각해볼 수 있다. 아기의 가족들은 하루 종일 이런저런 말을 한다. 엄마, 아빠, 형과 누나(오빠, 언니)들이 아기에게 말을 건다. 그렇다면 아기는 왜 자기 가족이 사용하는 언어로 말하려 하지 않는 걸까?

브라질 아기들이 축구에 대해 말하고 이탈리아 아기들이 스포츠카에 대해 말하는지 알기는 어렵다. 하지만 오늘날 분명히 밝혀진 사실은, 알자스 지방 아기는 마르세유 지방 아기처럼 옹알거리지 않는다는 것이다.

한 실험에서, 생후 10개월 된 20명의 아기들이 자신들이 속한 문화적, 가족적 환경 속에서 옹알이하는 소리를 녹음했다. 파리에서 5명, 런던에서 5명, 알제에서 5명, 홍콩에서 5명(드 보이송-바르디, 알, 사가르, 뒤랑,

◆ 옹알이는 생후 6~8개월 사이의 아기에게 나타나는 언어를 정의하는 용어다. 아기는 음절들을 만들고 이어서 그 음절들을 서로 연결시킨다. 이런 수준의 언어에서, 아기가 무슨 말을 하고 있는지 부모가 알아듣는 것은 불가능하다.

1989). 녹음은 각자의 집에서 1시간 동안 실시되었다. 이때 엄마는 아기와 함께 있었다.

연구팀은 스펙트럼 분석기를 이용하여 아기들이 발음한 1,047개의 모음들을 분석 비교했다. 그 결과, 아기들의 출신에 따라 모음들이 각기 다르게 발음된다는 사실을 확인했다. 그리고 그 모음들을 그 출신 지방의 성인들이 발음한 방식과 비교 연구한 결과, 아기들과 어른들의 발음 방식에 유사성이 많다는 사실이 드러났다. 다양한 언어들을 사용하는 성인들의 대화에서도 동일한 차이점이 나타났다.

이 연구는 아기가 자신의 모국어 억양에 매우 깊은 주의력을 기울인다는 사실을 보여준다. 결과적으로 아기의 고유한 모음발성(옹알이)은 모국어 억양에 영향을 받게 된다.

| 결론 | 당신의 아기는 당신이 하는 말에 귀를 기울인다. 하지만 훨씬 더 놀라운 사실이 있다. 아기는 당신이 발음하는 언어의 억양 역시 그대로 따라하려 한다는 것이다. 아기는 어휘뿐만 아니라 자신의 언어적 환경의 억양을 그대로 습득한다. 아기의 말을 당신이 알아들을 수 있기 전에, 이미 아기는 언어적 환경의 특징에 깊이 영향을 받는다. 게다가 아기가 점점 자라면서 그 억양을 잊기가 매우 어려워진다. 제인 버킨◆◆에게 물어보라.

◆◆ 프랑스에서 활동하는 영국 출신의 영화배우이자 가수. 영국식 억양이 섞인 그녀의 프랑스어는 데뷔 초나 예순이 넘은 지금이나 전혀 변화가 없다 - 옮긴이.

44

아기 앞에서 상스러운 말을 하면 안 되는 이유는 무엇일까?

아기는 자기가 들은 말을 잊어버릴까? 의미를 전혀 모르는 어려운 단어들도 기억할 수 있을까? 과연 당신이 그림이나 특별한 몸동작을 곁들이지 않고 들려주는 이야기에 등장하는 단어들을 기억할 수 있을까?

사실, 단어와 관련된 아기의 장기적인 기억력에 관해서는 알려진 바가 거의 없다. 바로 그런 이유 때문에, 심리학자들인 주스칙과 혼은 어휘 습득에 결정적인 역할을 하는 이 유형의 기억력을 아기들이 가지고 있는지 알아보고자 했다(1997).

실험자는 각기 다른 세 이야기를 들려주는 여자들의 목소리를 녹음했다(한 여자당 약 10분씩). 그런 다음 생후 8개월 된 아기 15명의 집으로 찾아가서, 10일 동안 하루에 한 번씩 그 세 이야기를 녹음한 오디오테이프를 들려주었다. 그렇게 각각의 아기들은 각각의 이야기를 총 10번씩 들었다.

약 2주 후 주스칙과 혼은 아기들을 실험실로 데려왔다. 그들은 12개 단어로 구성된 여러 개의 단어 목록을 만들었다. 목록에는 세 이야기들 각각에 나오는 단어들 중 몇몇 단어들이 포함되어 있었고(예를 들어 멧돼지, 비단뱀, 정글) 발음이 유사하긴 하지만 그 이야기들에 전혀 나오지 않았던 단어들도 있었다.

실험자는 아기들을 차례로 한 명씩, 이 실험을 위해 특별히 준비해둔 방으로 데려갔다(방 안에는 스피커가 설치되어 있었다). 그런 다음 목록을 아기에게 읽어주었다. 목록을 읽는 소리는 스피커를 통해 전달되었고 스피커 위에는 전구가 설치되어 있었다. 이 전구의 불빛은 목록을 읽는 동안 켜져 있었다.

아기가 불빛을 쳐다보고 있다는 것은 소리에 귀를 기울이고 있다는 증거였다. 그래서 실험자는 아기들이 다양한 단어 목록 각각에 귀를 기울이는 시간을 측정했다.

그 결과, 아기들은 다른 목록들보다 그 세 이야기에 나오는 단어 목록들에 훨씬 더 오랜 시간 귀를 기울인 것으로 나타났다(15%). 여기서 연구자들은 아기들이 단지 그 이야기들에 나오는 단어들은 더 흥미롭게 여겨 상대적으로 오랫동안 귀를 기울인 것은 아니라는 사실을 확인하고자 했다.

그래서 또 다른 아기 그룹을 실험실로 초대했다. 새로 초대된 아기들은 녹음테이프로 그 이야기들을 들은 적이 한 번도 없었다. 실험 결과 아기들은 단어의 다양한 목록들을 들을 때 전혀 관심을 보이지 않았고, 심지어 세 이야기에 등장하지 않았던 단어들에 약간 더 주의력을 기울이기까지 했다. 이 아기들은 이야기에 등장하는 단어들에 평균적으로 6초 동안 귀를 기울였고, 다른 단어들에는 약간 더 오랫동안 귀를 기울였다.

반면, 이전에 이야기들을 들었던 아기들의 경우 모르는 단어들에는 평균 6초, 이야기들에 나왔던 단어에는 평균 7초 동안 귀를 기울였다. 이 1초의 차이는 대수롭지 않게 보일 수도 있다. 하지만 이 1초가 두 그룹의 아기들 간의 차이를 분명히 입증해주고 있다.

놀라운 사실은, 단어들이 목록과 이야기 속에서 각기 다르게 발음되었음에도 불구하고 아기들이 그 단어들을 식별했다는 것이다. 사실, 이야기 낭독자들은 풍부하게 감정을 실어 이야기 속 단어를 읽었지만, 실험자들은 마치 슈퍼마켓에서 구입할 물품 목록을 읽는 것처럼 건조하게 단어를 읽었다.

이 실험은, 아기들이 15일 전에 들었던 이야기들에 나왔던 단어들을 기억한다는 사실을 증명한다. 주스칙의 주장에 따르면, 생후 8개월 된 아기는 자기 가족이 자주 사용하는 단어들을 외우고 있다. 이것은 언어 습득에 대단히 중요한 전제 조건이다.

| 결론 | 생후 18개월 쯤이 되면 아기의 어휘력과 언어는 급격하게 발전한다. 하지만 학자들은 아직 그 이유를 모른다. 주스칙과 혼의 연구는 다음과 같은 해석을 뒷받침해준다. 아이는 아기일 때부터 다양한 소리와 단어들을 기억 속에 저장하기 시작한다(언어 학습은 소리와 의미를 저장하는 능력을 필요로 한다). 그러다 갑자기 아기는 그 소리를 의미와 연결 지을 수 있게 된다. 이 실험은 영유아가 단어를 이루는 소리를 기억하며, 심지어 아직 그 의미를 배우지 않았을 때에도 그 소리를 기억한다는 사실을 입증해주고 있다. 이처럼 소리를 기억하는 단계를 거치면서 아기의 언어 능력은 점차 발달하기 시작한다.

주스칙의 견해에 따르면 "이것은 마치 퍼즐을 맞추려고 고민하는 것과 같다. 처음에는 몇 개의 조각들을 들고 어느 것을 어디서부터 끼워 맞춰야 할지 고심한다. 하지만 어느 한

순간, 갑자기 모든 게 빠르게 끼워 맞춰진다." 아기는 단어의 의미를 이해하기 전부터(거의 1년 전부터) 단어의 소리를 기억할 수 있다.

그동안 많은 학자들은 아기가 하나의 개념을 이해하기 시작한 다음, 두 번째 단계에서 마침내 그 개념을 묘사하는 단어를 찾게 된다고 생각했다. 영유아는 자신에게 아무런 의미도 없는 정보들을 저장할 수 있는 생생한 기억력을 갖고 있다. 그리고 이 시기의 아기는 어른들끼리 나누는 대화에 귀를 기울일 수 있고, 어른들의 대화에서 사용되는 단어나 자신에게 읽어주는 이야기 속에 나오는 단어들을 기억할 수 있다.

그러므로 부모들이여, 항상 말조심을 하라! 언제 어디에서 아기가 듣고 있을지 모른다…….

45

아기는 언제부터 당신이 '엄마'라는 것을 알까?

아기가 '엄마'라는 단어를 들을 때, 그게 '자기' 엄마라는 것을 알까? 그리고 '아빠'라는 단어를 들을 때, 그게 바로 '자기' 아빠라는 것을 알까?

일반적으로, 아기가 처음으로 말하는 단어는 '엄마'와 '아빠'다. 이 단어들은 아기 주변에서 매우 자주 발음된다. "자, 아빠야" 또는 "엄마가 맛있는 걸 줄게" 등등. 하지만 아기는 언제부터 이 단어들을 의미와 연관 지을 수 있을까?

틴코프와 주스칙은 언제부터 아기가 하나의 단어와 특별한 대상을 서로 연결 지어 생각할 수 있는지 알아보고자 했다(1999). 좀더 분명하게 말해서, 그들은 아기가 생후 몇 개월부터 사회적으로 자신에게 중요한 사람들, 즉 자기 부모와 직접적으로 연관된 단어들을 포함하는 다양한 어휘들을 알게 되는지 실험했다(생후 6개월 된 아기 24명을 대상으로 실험을 실시했다).

연구팀은 먼저 피험자(실험에 참여한 24명의 아기)들의 부모 각각의 얼굴을 흰색 배경 앞에서 촬영했다. 그런 다음 아기를 엄마 무릎에 앉혔다.

텔레비전이 아기의 왼쪽과 오른쪽에 각기 배치되었다. 이 화면들에는 때로는 엄마의 영상, 때로는 아빠의 영상이 나타났다. 그러다 갑자기 '아빠' 또는 '엄마' 라고 말하는 합성된 목소리가 들려왔다.

실험 결과 아기들은 '아빠' 라는 소리가 나올 때는 아빠를, '엄마' 라는 소리가 나올 때는 엄마가 나타나는 화면을 더 오랫동안 쳐다보았다.

연구팀은 여기서 실험을 멈추지 않았다. 이 결과들에 대해 또 다른 이유를 밝히고자 한 것이다. 사실, 아기는 어떤 대상의 한 범주를 동일한 부류로 재편성하는 경향이 있다고 생각할 수 있다. 예를 들어 '개' 라는 단어를 고양이, 암소, 또는 네 발 달린 모든 동물들을 지칭하는 데 사용할 수도 있는 것이다. 그와 마찬가지로 '엄마' 라는 단어를 모든 여자들을 지칭할 때 사용할 수 있고, '아빠' 라는 단어를 모든 남자들을 부르는 데 사용할 수도 있다.

그래서 연구팀은 생후 6개월 된 24명의 아기들을 새롭게 참여시켜, 두 번째 실험을 실시했다. 이 아기들은 첫 번째 실험에 참여했던 아기들의 부모들이 나오는 영상을 보았다.

실험 결과, 아기들이 '엄마' 와 '아빠' 라는 단어를 낯선 부모들과 연결지어 생각하지 않는다는 것이 확인되었다. '엄마' 와 '아빠' 를 발음하는 목소리가 들려온 다음 아기의 시선 지속 시간은 두 얼굴과 관련하여 차이가 나타나지 않았다.

결론 생후 6개월 된 아기는 아직 말을 할 줄은 모르지만, '자기 엄마' 가 누구인지, '자기 아빠' 가 누구인지 분명히 알고 있다. 게다가 이 연령의 아기는 다른 아기들의 부모들이 자신의 '아빠'와 '엄마'가 아니라는 사실을 분명히 안다.

그러므로 '엄마'는 어떤 여자들이건 다 포함하는 총칭적인 하나의 범주가 아니며, 그와 마찬가지로 '아빠'는 모든 남자들을 가리키는 하나의 범주가 아니다.

생후 6개월부터는, 엄마와 아빠뿐만 아니라 자신의 형, 누나(오빠, 언니) 등 다른 가족 구성원들의 이름에 대해서도 이런 인식을 하게 된다.

⚜ 한 번도 본 적 없는 이미지에 단어를 연결 짓는 능력

46

손이나 발이라는 단어를 들을 때 아기는 그 단어가 무엇을 가리키는지 알까?

아기와 놀면서 당신은 아마도 다음과 같은 말을 할 것이다. "이 작은 발은 누구 거지?" 또는 "정말 작고 예쁜 손이네." 아기는 점차 그 단어들을 자신의 손발과 연결 지어 생각하게 된다. 그러면서 당신이 말하는 게 바로 자신의 발과 손이라는 것을 이해한다. 그 후 아기가 더 자라게 되면 '발'과 '손'이라는 단어가 '자신'의 발과 손만을 가리키는 게 아니라, 이 세상의 모든 발과 손을 포함하는 범주를 가리키는 단어라는 사실을 알게 된다.

그렇다면 아기는 언제부터 '발'과 '손'이라는 단어가 타인의 발과 손을 지칭할 수도 있다는 것을 이해할까?

아기가 '아빠'와 '엄마'라는 단어를 식별하는 것(163쪽 참조)에 앞서 관심을 가졌던 심리학자들이 이 문제에 대한 해답을 얻고자 했다. 그들은 만약 아기들이 '발'과 '손'이 범주를 가리키는 단어들이라는 것을 이해할 수 있다면, 그 이전에 한 번도 본 적이 없는 발과 손의 이미지들과 이 단어들을 연결 지을 수 있으리라 생각했다.◆

틴코프와 주스칙은 생후 6개월 된 아기 25명을 실험실로 초대해 실험을

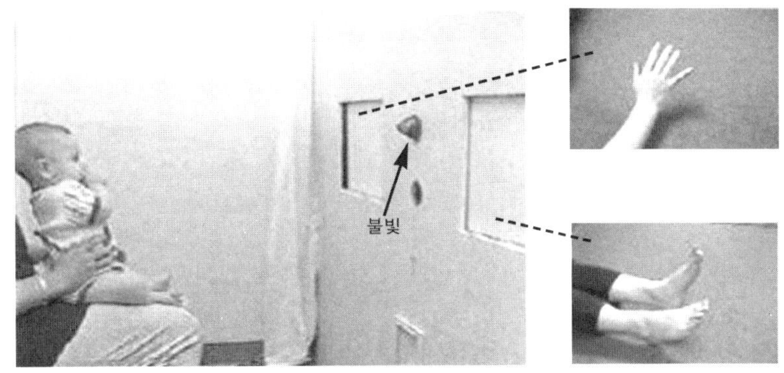

실시했다(2000, 2003). 각각의 아기들은 엄마의 무릎에 앉아 있었다. 아기의 시선을 끌기 위해 작은 오렌지색 불빛이 깜빡이기 시작했다. 아기가 이 불빛을 쳐다보는 순간부터, 실험자는 두 개의 텔레비전을 숨겨놓은 칸막이를 들어올렸다. 그러면 텔레비전 화면들에서 각기 다른 두 이미지(여자의 손과 발)가 나타났다. 아기는 그 이미지들을 보는 것과 동시에, '손'이나 '발'이라는 단어가 발음되는 목소리를 들었다. 이 과정은 아기들 각각에게 여러 차례 반복 실시되었다.

실험자는 두 텔레비전 사이에 감추어진 소형 카메라를 이용해, 발음된 단어들과 관련해 아기가 화면을 쳐다보는 시간을 기록할 수 있었다. 그 결과, 아기들은 '발'이라는 단어를 들을 때는 발을 더 오래 쳐다보았고,

◆ 틴코프와 주스칙은 발과 손이 범주적인 단어들의 훌륭한 예라고 생각했다. 모든 발(그리고 모든 손)은 눈이나 코 같은 신체의 다른 부분들에 비해 상당한 유사성을 갖고 있기 때문이다. 그들은 그중에서도 성인의 손과 발을 선택했다. 성인의 손과 발은 아이의 손과 발과 달리 일반적인 사람의 '손'과 '발' 범주의 좋은 본보기가 되기 때문이다.

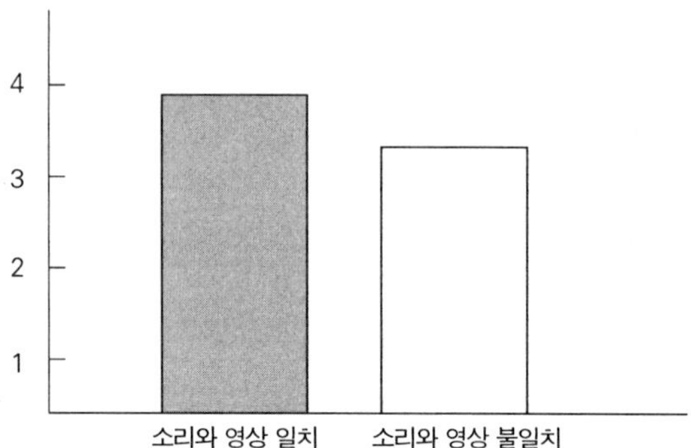

'손' 이라는 단어를 들을 때는 손을 더 오래 쳐다본 것으로 나타났다.

| 결론 | 생후 6개월부터 아기는 자기가 알고 있는 신체 명칭들이 다른 대상의 신체에도 적용될 수 있는 범주적 단어들이라는 사실을 이해할 수 있다는 것이 이 실험을 통해 밝혀졌다.

그러므로 생후 6개월 된 아기는 당신이 "야옹이"라고 말할 때 그 단어가 고양이를 가리킨다는 사실을 알게 되고 '고양이' 라는 단어를 이웃의 야옹이에게도 적용시킬 수 있을 것이다.

하지만 놀라운 사실은, 이것이 '아빠' 와 '엄마' 라는 단어들에는 같은 식으로 기능하지 않는다는 것이다. 아기에게 이 두 단어는 모든 남자와 여자들로 재편성되지 않고 오직 자기 부모만을 의미한다. 생후 6개월 된 아기에게는 '아빠' 와 '엄마' 라는 단어가 어느 정도 고유명사나 이름처럼 받아들여질 수 있다.

47

아기는 언제부터 자기 이름을 인식할까?

아기가 태어난 이후로 당신은 아기를 '이름'으로 부른다. 당신이 아기를 그런 식으로 부를 때 아기는 그게 자기 이름이라는 것을 언젠가 알아차린다. 하지만 그때가 언제일까? 당신의 딸은 어느 시기부터 '니나(자기 이름)'와 '엘리자베스(숙모의 이름)'를 구분할 수 있을까?

만델, 주스칙, 피조니는 생후 4개월 반 된 아기 24명을 대상으로, 아기들이 다른 이름들의 목록 가운데에서 자신의 이름을 식별할 수 있는지 알아보고자 했다(1995).

그들은 '고개 돌리기'를 이용하여 실험을 실시했다(200쪽 참조). 우선, 아이들 각각에게 다양한 이름이 적힌 명단을 읽는 목소리를 들려주었다. 이 명단에는 실험에 참여하는 아기들의 이름 역시 포함되어 있었다. 하나의 이름이 읽힐 때마다(때로는 오른쪽 스피커에서, 때로는 왼쪽 스피커에서), 실험자는 아기가 벽 위의 작은 불빛을 쳐다보는 시간을 기록했다.

그 결과, 연구팀은 아기들이 다른 이름들보다 자기 이름이 들릴 때 더 오랫동안 귀를 기울인다는 사실을 알 수 있었다.

| 결론 | 생후 4개월 반부터 아기는 자기 이름과 다른 사람의 이름을 구분할 수 있다. 그렇다고 아기가 그게 자기 이름이라는 것을 안다는 얘기는 아니다. 하지만 아기에게 그 단어의 '소리'는 무엇보다 친숙하게 들린다.

당신은 아마도 아기가 이미 오래전부터 자기 이름에 반응하고 있다고 생각할 것이다. 그렇지 않은가? 더욱이 아기가 4개월 반이 되기 훨씬 이전부터 당신이 아기 이름을 부르면 당신 쪽을 쳐다보았을 것이다. 그렇다면 다음의 실험을 시도해보라. 아기에게 다가가서 "비행기!"라고 말해보라. 그러면 생후 4개월 전인 아기도 당신 쪽으로 시선을 돌릴 것이다. 따라서 아기가 사람 목소리에 관심을 가지는 것과 자신의 이름을 인식하는 것을 혼동해서는 안 된다.

48

모니카 벨루치 얼굴과 콰시모도[◆]의 얼굴 중 아기는 어느 쪽을 더 좋아할까?

아기는 아름다움을 인식할까? 참으로 까다로운 질문이다. 만약 아기가 아름다움을 인식한다면, 그것은 갓난아기들조차도 아름다움의 절대 권력에 굴복한다는 의미일 것이다. 아름다움의 힘이 성인들의 행동에 상당한 영향력을 미친다는 건 이미 오래전부터 알려진 사실이다.[◆◆] 하지만 아주 어린 아기들의 경우는 어떨까?

슬레이터 연구팀은 이 주제에 관해 일련의 실험을 실시했다(1998, 2000). 생후 5시간 내지 하루가 지난 아기 100여 명을 대상으로 실시한 이 실험에서 연구팀은 신생아로부터 약 30센티미터 떨어진 지점에 각기 쌍을 이루는 사진들을 나란히 놓아두고 아기들에게 보여주었다. 그 모든 쌍들은 아주 아름다운 여자의 사진과 지극히 평범한 여자의 사진으로 이루어져 있었다. 어떤 여자가 아름다운지, 아름답지 않은지 객관적으로 어떻게

◆ 〈노트르담의 꼽추〉에 등장하는 남자 주인공 – 옮긴이.

◆◆ 세르주 시코티, 『내 마음속 1인치를 찾는 심리실험 150』, 82쪽 〈우리는 왜 바비 인형을 아름답다고 생각할까?〉와 174~175쪽 〈외모에 관한 고정관념〉 참조.

알 수 있을까? 이 문제를 해결하기 위해 연구팀은 성인 피험자들이 여자의 얼굴 사진 각각을 평가한(1~5점) 데이터를 참고해 아름다움의 기준을 잡았다.

실험 결과, 아기들은 매력적인 얼굴을 더 많이 쳐다보았다. 그리고 시간상으로도, 아기들은 매력적인 얼굴을 쳐다보는 데 80% 더 많은 시간을 할애했고, 덜 매력적인 얼굴에 대해서는 20%의 시간만을 할애했다.

연구팀의 주장에 따르면, 아기들은 태어날 때부터, 심지어 태어나기 전부터 아름다움을 식별할 수 있다고 한다. 즉 아기들은 충분히 발달된 인지 시스템을 가지고 세상에 태어난다.

아기는 미인을 더 좋아한다. 이것은 생후 5개월 된 아기들이 작은 눈보다는 큰 눈을 가진 얼굴을 쳐다보는 걸 더 좋아한다는 사실을 입증했던 또 다른 실험(길다트, 마우러, 카니, 1999) 결과가 뒷받침해준다.

이처럼 아름다운 것을 선호하는 성향은 무엇에서 비롯된 것일까? 슬레이터의 견해에 따르면, 아름다운 얼굴은 사람 얼굴의 실제적인 원형이다. 그래서 통계학적으로 매력적이라고 판단되는 얼굴 특징들을 합성하여, 믿을 수 없을 정도로 아름다운 얼굴을 만들어 아기들에게 보여준다면, '사람 얼굴은 원래 이처럼 아름답다'는 인식이 아기들의 머릿속에 박힐 수도 있다. 다시 말해 아기들은 이 아름다운 얼굴이 사람 얼굴의 원형이라고 생각할 수도 있다는 얘기다.

그리고 만약 아기들이 흐릿한 시력에도 불구하고 그걸 알아볼 수 있도록 진화했다면, 그것은 아기들이 사람들의 얼굴을 볼 때 그 원형에 얼마나 근사한지를 기준으로 얼굴을 식별함을 의미한다. 아기들은 태어난 지

15시간밖에 안되었어도 이런 식별을 할 수 있다.

| 결론 | 아름다움을 선호하는 성향은 전 세계 어느 문화권에서건 어떤 지역에서건 보편적이다. 그러므로 어떤 유럽인에게 아프리카인들의 얼굴을 보여주면서 더 아름다운 얼굴을 선택하라고 하면, 아프리카인들이 가장 매력적이라고 생각하는 얼굴을 선택한다. 이러한 기호는 아프리카인에게 두 유럽인의 얼굴을 보여주면서 더 아름다운 얼굴을 선택하라고 했을 때에도 마찬가지다.

심리학자들의 말에 따르면, 얼굴의 아름다움에 대한 기준이 시대와 문화권에 따라 다르다 할지라도 그 규준들은 결국 크게 달라지지 않는다고 한다. 아름다움에 대한 생물학적이고 보편적인 규준은 항상 존재한다. 그러므로 아빠가 예쁜 여자를 쳐다본다 해도 그를 탓하지 마라. 그는 그렇게 행동하도록 생물학적으로 프로그래밍되어 있을 뿐이다.

끝으로, 오스카 와일드가 말했던 것과는 달리 '아름다움은 쳐다보는 사람의 눈 속에 있는' 게 아니다. 인간은 태어나면서부터 아름다운 것을 좋아한다. 따라서 아기 역시 자기 아빠처럼, 못 생긴 여자들보다는 아름다운 여자들을 쳐다보는 걸 더 좋아할 것이다. 하지만 아기에게 이 세상에서 가장 아름다운 여자는 언제나 자기 엄마라는 사실은 널리 알려져 있다.

7장

태아의 행동

100 petites expériences de psychologie pour mieux comprendre votre bébé

49

아기의 인생은 엄마 뱃속에서 나오는 바로 그 순간부터 시작될까?

아기의 탄생을 지켜보는 것보다 더 아름답고 경이로운 광경이 있을까? 산파는 작은 담요로 아기를 감싼 후에 엄마 배 위에 아기를 올려놓는다. 신생아는 간신히 눈을 뜨고는 자기 엄마를 뚫어지게 쳐다본다……. 이 장면을 지켜볼 때 우리는 감동한다. 우리는 그게 아기 인생의 시작이라고 생각한다. 아기에게는 그 이전에는 아무것도 없었고 모든 것이 이제부터 시작된다고.

하지만 그렇게 생각하는 건 사실 착각에 불과하다. 아주 오래전부터 태아심리학이 연구되어왔다. 그리고 세상에 방금 태어난 아기와 출생 한 달 전의 태아 사이에는 거의 아무런 차이가 없다는 사실이 밝혀졌다.

한 여자가 자신이 임신했다는 사실을 알기 전부터, 그녀 뱃속 태아의 뇌는 이미 발달하기 시작했다. 그리고 임신 5주째에는 피질이 만들어진다. 9주째가 되면 태아는 자신의 몸을 구부릴 수 있고, 그때부터 벌써 딸꾹질을 하고 강한 소리들에 반응할 수 있다. 10주째가 되면 태아는 팔을 움직이고, 숨을 쉬고, 입을 벌리고, 기지개를 편다.

임신 3개월째에는 태아가 하품을 하고 빠는 동작을 한다. 6개월경에는 소리를 들을 수 있다. 그리고 8개월이 되면 앞을 볼 수 있다.

태아가 사물들을 인식하고 심지어 학습 능력도 있다는 사실을 증명하는 실험들은 드물지 않게 찾아볼 수 있다.

50

태아는 인기 드라마 〈프렌즈〉의 주제곡을 좋아할까?

당신은 임신한 상태로 텔레비전을 보면서 휴식을 취하고 있다. 그런데 때마침 당신이 좋아하는 연속극이 방송되는 시간이다. 드라마 주제곡이 흐르고 당신은 흥얼거리며 그 노래를 따라부른다. 당신 뱃속의 아기는 그 소리를 들을 수 있을까? 과연 드라마 주제곡이 당신 뱃속에 있는 아기의 행동에 영향을 미칠 수 있다고 생각하는가?

다음 실험은 드라마의 주제곡이 태아에게 영향을 미친다는 것을 증명하고 있다. 심리학자 헤퍼는 태아가 텔레비전 시리즈(예를 들면 〈프렌즈〉)의 주제곡을 기억하는지 알아보고자 했다(1991). 그래서 그는 그 연속극을 열광적으로 좋아하는 임산부들과 반대로 그 시리즈를 전혀 보지 않는 임산부들을 선별했다. 첫 번째 그룹의 태아들은 그 엄마들이 때로는 하루에 두 번씩 〈프렌즈〉를 보았기 때문에 주제곡에 약 360회 노출된 것으로 산정되었다.

헤퍼는 아기들이 이 음악을 마지막으로 들은 것은 자기 엄마 뱃속에서였고, 그 이후로는 한 번도 듣지 못했다는 것을 꼼꼼하게 확인했다. 그리고 출생 후 2~4일까지 아기들에게 그 주제곡을 들려주었다. 그 결과, 임신 중에 〈프렌즈〉를 보았던 엄마들의 아기들이 임신 중에 그 연속극을 한 번도 본 적이 없는 엄마들의 아기들과 다르게 행동하는 점이 발견되었다.

임신 중에 〈프렌즈〉를 보았던 산모들의 아기들은 그 드라마 주제곡이 흘러나오자 음악이 나오는 쪽을 계속 쳐다보았고, 심장 박동이 느려지면서 울음을 멈추었다. 그들은 또한 그 연속극을 보지 않았던 산모들의 아기들에 비해 신체 움직임도 덜 했다. 이 차이는 출생 후 3주일 동안 계속되었다. 하지만 이 연속극에 노출되었던 아기들도 다른 텔레비전 연속극들의 주제곡을 들려주었을 때는 특별한 반응을 보이지 않았다.

또한 헤퍼는 초음파를 이용하여 태아들에게 이전에 들었던 음악을 틀어주었을 때 태아들이 자궁 내에서 더 많이 움직이는 것을 확인했다.

이러한 결과들은 태아가 특정한 음악을 익히고 기억할 수 있다는 것을 증명해주며, 엄마 뱃속에서 무엇을 배웠는지 출생 후의 아기로부터 알아낼 수 있음을 보여준다.

| 결론 | 이 실험들은 아기가 자신이 태어나기 전에 접했던 경험들(특히 음악적 경험)을 기억하고 있다는 사실을 증명할 뿐만 아니라, 아기도 당신처럼 자기가 좋아하는 연속극에 흠뻑 빠져들 수 있다는 것을 보여준다!

51

태아에게 책을 읽어주는 것이 태교에 도움이 될까?

아기는 태어나기 전에 겪었던 일들을 기억할까?

이것을 알아보기 위해 심리학자들은 12명의 임산부들에게 임신 마지막 6주일 동안 하루에 2번씩 짧은 동화 〈모자를 쓴 고양이〉를 읽게 했다(드카스페, 스펜스, 1986).

그런 다음 신생아들이 태어난 지 2~4일 뒤에, 아기들이 〈모자를 쓴 고양이〉를 기억하는지 실험해보았다. 이 실험에서 연구팀은 픽업장치가 고무젖꼭지와 연결된 '가짜 젖꼭지 빨기'◆(199쪽 참조)를 이용하여 아기들에게 동화를 들려주었다.

그 결과, 신생아들은 그전에 한 번도 들은 적이 없는 문장보다는 임신 마지막 6주일 동안 엄마가 읽어주었던 동화의 문장을 듣기 위해 젖꼭지 빨기 동작에 박자를 맞추는 것으로 나타났다. 더욱 놀라운 것은 그 동화

◆ 신생아가 젖꼭지 빠는 동작 사이에 긴 휴지기를 가질 때부터 하나의 자극(동화)을 신생아에게 준다. 그리고 아기가 짧은 휴지기를 가질 때 또 다른 자극(동화)을 아기에게 준다. 신생아는 자극(동화)들 중 자기가 좋아하는 동화를 들으려면 젖꼭지를 어떤 식으로 빨아야 하는지 조절방법을 빠르게 익힌다. '내가 느리게 빨면, 이 동화를 듣게 되고, 빠르게 빨면 저 동화를 듣게 돼.'

를 엄마가 아닌 다른 여자가 읽어줄 때도 자기가 아는 문장을 듣는 것을 더 좋아했다는 사실이다.

그러므로 아기는 자기가 들었던 이야기를 기억하고 있으며, 따라서 '태교' 는 효과가 있는 게 분명하다.

이 현상을 명확히 파악하기 위해, 또 다른 심리학자들이 연구에 착수했다(드 카스페, 르카뉘에, 뷔스넬, 그라니에-드페르, 모제, 1994).

그들은 새로운 실험을 준비했다. 하지만 이번에는 33주 된 태아들을 대상으로 실험을 실시했다. 이 연구팀은 22명의 임산부들에게 4주일 동안 하루에 세 번씩 큰 소리로 시 한 편을 암송하게 했다. 4주일이 지난 뒤 연구팀은 엄마 배 위에 스피커를 대고 적당한 크기의 목소리로 아기들에게 이미 들려준 시와 새로운 시를 들려주었다. 이때 두 종류의 시는 아기가 전혀 모르는 낯선 사람이 낭독한 것을 녹음한 것이었다. 그리고 음악이 나오는 동안 엄마와 아기의 상호작용의 가능성을 배제하기 위해 엄마의 귀에 헤드폰을 씌웠다. 연구팀은 두 종류의 시를 대할 때 태아의 심장 박동 변화를 기록했다.

그 결과, 태아는 자신이 알고 있는 시를 들을 때 심장 박동이 느려지는 것으로 나타났다. 모르는 시가 낭독되는 동안에는 심장 박동의 변화가 전혀 나타나지 않았다.

따라서 태아는 자기가 아는 언어를 듣고 인식할 수 있다고 볼 수 있다. 아기는 심지어 그 언어를 기억할 수도 있다(적어도 어떤 수준까지는). 또한 자신에게 익숙한 것을 좋아하며 안정감을 느낀다.

결론 끝으로, 태어나기 전에 아기는 할 일이 별로 없다. 그래서 아기는 자기에게 들리는 이야기들에 귀를 쫑긋 기울이면서 감상하는 듯하다. 모든 연령의 아이들이 그렇긴 하지만, 특히 태아들은 자기가 이미 알고 있는 이야기들을 아주 좋아하는 것으로 보인다.

52

태아도 인성을 갖고 있을까?

이것은 새로울 게 없는 이야기다. 모든 아기들은 저마다 다르며, 기질적인 측면뿐만 아니라 활동적인 측면에서도 제각기 다르다. 하지만 엄마의 자궁 속에서 태아의 활동 수준과 후일 어린 시절 동안 나타나는 행동들 사이에 어떤 관련이 있을까?

이러한 의문을 제기하는 심리학자들이 있다. 그들은 엄마의 자궁 속에 있을 당시부터 아기에게서 어떤 성격적 특징들이 나타나는지 알아보고자 했다.

태아의 신체적 활동을 통해 그 아기가 갓 태어났을 때, 그보다 좀더 자랐을 때, 또는 10세 아동이 되었을 때 나타나게 될 행동과 기질을 예측할 수 있는지 알아보기 위한 일련의 연구들이 실시되었다(디 피에트로, 본스타인, 코스티간, 프레스만, 한, 페인터, 스미스, 이, 2002).

그들은 도플러(도플러 효과에 따른 혈액 순환 속도 측정)를 이용하여, 52명의 태아들을 대상으로 임신 24주, 30주, 36주째에 움직임의 횟수와 폭을 측정하기로 했다. 또한 태아들이 출생한 후(생후 2주)와 12개월, 24개월이 되었을 때의 행동에 관한 자료들도 수집했다.

그 결과, 엄마의 자궁 속에서 움직임이 많았던 태아들은 비활동적이었던 태아들보다 더 쉽게 흥분하는 성마른 성격의 아이로 자라는 경향이 있었다.

| 결론 | 태아의 활동성은 출생 후 어린 시절에 나타나게 될 기질을 예고해주는 지표인 듯하다. 디 피에트로의 말에 따르면, 행동은 태어날 때 시작되는 게 아니라 그보다 훨씬 전부터 시작된다. 엄마의 바이오리듬, 호르몬 생산, 특히 스트레스는 태아의 행동에 영향을 미친다. 게다가, 스트레스가 심한 엄마들은 그렇지 않은 엄마들보다 태아들이 더 활동적이며, 따라서 더 쉽게 흥분하는 성격의 아이를 낳는 경향이 있다.

그러므로 엄마들이여, 긴장을 풀고 심호흡을 하면서 마음을 차분하게 가라앉히자.

자궁 속 태아의 발기

53

태아에게도 성적 욕구가 있을까?

인간이 자손을 번식시키기 위해서는 성 기관이 흥분해야만 한다. 이것은 결코 놀랄 이야기가 아니다. 하지만 발기의 원인이 성욕 때문만은 아니다. 발기는 의식적인 것이고 깨어 있을 때 일어나는 것이지만, 수면 상태에서 자연스럽게 나타나기도 한다. 그런데 태아의 경우는 어떨까? 태아도 발기를 할까?

대단히 놀라운 사실이지만 대답은 "그렇다"이다.

방사선과 의사들은 태아가 발기를 하는지, 하지 않는지 알아보려는 목적에서 임신 36~39주까지의 태아 50명의 음경을 실시간으로 관찰했다(시로주, 고야나기, 다카시마, 호리모토, 아카자와, 나카노, 1995).

의사들은 60분의 실험 시간 동안 아기의 음경 길이를 측정했다. 실험 결과 태아들 중 22%가 발기를 했다(보통 태아들의 음경 길이가 16밀리미터인데 비해, 이 태아들의 음경 길이는 평균 21밀리미터였다). 이 결과는 태아도 분명히 발기를 한다는 사실을 보여준다.

역설수면◆ 기간 동안 발기가 많이 일어난다는 사실이 밝혀지고 나서, 또 다른 연구자들은 태아의 발기가 밤중에 일어나는지 낮에 일어나는지 알아보고자 했다(고야나기, 호리모토, 나카노, 1991).

이 연구는 임신 36~41주의 남자 태아 11명을 대상으로 실시되었다. 실험자는 60분간의 초음파 촬영 시간 동안 안구의 빠른 움직임(역설수면 중임을 나타내는)과 음경의 팽창 사이에 동시성이 있는지 관찰했다. 그 결과, 전체 발기 지속 시간의 78%가 역설수면 상태에서 일어나는 것으로 확인되었다. 따라서 태아는 잠을 자면서도 발기를 한다.

1995년에는 5개월 반 된 태아의 초음파 검사 과정에서, 두 의사들이 너무도 놀라운 태아의 행동을 발견했다. 태아가 자신의 음경을 입속에 넣었다가 빼는 동작을 천천히 되풀이하고 있는 것이었다. 이러한 행동은 2분 30초 동안 계속되었고, 의사들은 놓칠세라 사진을 찍었다. 이 흥미진진한 사진들은 《피임, 성, 출산》에 게재되었다(브루생, 브르노, 1995).

그 후 두 의사는 동료 의사 73명에게 태아들이 손, 발, 탯줄을 빨거나 손 또는 입으로 성기를 만지는 것을 본 적이 있는지(전혀 본 적이 없다, 가끔 보았다, 자주 보았다) 물어보았다. 방사선과 전문의들은 태아가 엄지손가락이나 손을 빤 후에 성기를 만지는 것을 가장 많이 목격했다고 대답했다. 입으로 성기를 빠는 행동은 가장 드물긴 했지만 역시 보고되었다. 의사들 중 60% 이상이 남자 태아와 여자 태아 모두에게서 손으로 성기를 만지는 것을 목격했다.

◆ 수면에는 여러 단계가 있다. 얕은 잠에 해당하는 역설수면(REM : Rapid Eye Movement sleep)과 깊은 잠에 해당하는 비역설수면(NREM : Non Rapid Eye Movement sleep). 역설수면 시에는 안구가 빠르게 움직이고(주베, 1959) 꿈을 꾸며 근육의 긴장이 완전히 풀린다. 이때 남자는 생식기관의 발기가 일어나고, 여자는 클리토리스의 홍분이 일어나면서 혈액이 질로 빠르게 유입된다.

| 결론 | 아기는 태어나기 훨씬 전부터 이미 성적으로 흥분을 한다. 여러 연구들에서 태아가 손으로 성기를 만지는 행동을 많이 한다는 사실 또한 증명되었다. 하지만 그것을 성적 행동이라고 말할 수 있을까? 그게 성적 행동일 가능성이 있다 해도 신중한 접근이 필요하다. 사실, 성적 행동이라고 말하려면 신경계의 일정한 성숙과 더불어 일정한 지향성이 있어야만 한다. 그러므로 사실상 태아의 그런 행동은 태아가 자기 마음대로 이용할 수 있는 유일한 것들, 즉 자신의 손과 입을 이용하는 탐구적 행동이라고 봐야 할 것이다. '입-성기' 접촉, 즉 빠는 동작은 태아가 거의 본능적으로 아주 이른 시기부터 발달시키는 것으로 보이는 탐구적 활동이라는 점을 학자들은 상기시키고 있다.

분명한 것은, 학자들은 아주 호기심 많은 관찰자들이라는 사실이다.

54

임신 중 미나리를 많이 먹은 엄마에게서 태어난 아기는 미나리를 좋아하게 될까?

당신은 다음과 같은 말을 분명히 들어보았을 것이다. "내 아들이 단 음식을 좋아하는 건 당연해. 내가 그 애를 임신했을 때 사탕과 과자를 아주 많이 먹었거든!" 수많은 여성들이 임신 기간 동안 자신이 섭취한 음식들이 아기의 입맛에 영향을 미쳤을 거라고 생각한다.

하지만 정말로 그럴까?

임신 말기(임신 33주째)의 여성 45명이 한 실험에 참여했다(메넬라, 재그나우, 보샹, 2001). 이 여성들은 모두 아기에게 모유를 먹일 계획을 가지고 있었다. 연구팀은 이들을 세 그룹으로 나누고 조건에 따라 물과 당근즙◆을 주었다.

첫 번째 그룹에게는 임신 기간 동안 일주일에 4일씩 당근즙 300밀리미터를, 수유를 시작한 첫 2개월 동안은 물을 섭취하게 했다. 그와 반대로 두 번째 그룹에게는 임신 기간 동안에는 물, 분만 후 수유 첫 2개월 간은

◆ 당근은 여러 가지 이유로 선택된 음식이었다. 특히 당근의 맛이 모유에 곧바로 전달된다는 이유가 가장 컸다. 게다가 당근의 맛은 아주 독특해서 분간하기가 쉽다.

당근즙을 마시게 했다. 그리고 마지막 그룹에게는 출산 전과 후 모두 물만 마시게 했다.

물론, 엄마들은 자신들이 음식에 관한 실험에 참여한다고 알고 있었을 뿐, 연구팀의 진짜 목적에 대해서는 전혀 몰랐다. 얼마 동안의 기간이 지난 뒤◆ 연구팀은 엄마와 아기들을 실험실로 초대했다. 그리고 엄마들이 아기에게 음식을 먹이는 동안 아기들의 모습을 촬영했다. 엄마들은 아기들에게 때로는 물에 탄 시리얼(반은 시리얼, 반은 물)을 주었고, 때로는 당근즙과 섞은 시리얼(반은 시리얼, 반은 당근즙)을 주었다. 엄마들은 아기가 싫다고 할 때까지 계속 시리얼을 먹여야 했다.

연구팀은 엄마들에게 아기가 어느 정도로 시리얼을 좋아했는지 1점(전혀)에서 9점(아주 많이)까지 점수를 매기라고 했다. 아기가 섭취한 시리얼 양 역시 식사 전과 후에 무게를 달아 측정했다. 쟁반이나 턱받이에 흘린 음식들도 전부 접시에 옮겨 담아 무게를 달았다. 그 결과는 다음과 같았다.

- 임신 기간 또는 수유 기간 동안 당근즙을 먹었던 아기들은 엄마가 분만 전과 후에 당근즙을 전혀 마시지 않았던 아기들에 비해 당근즙이 든 시리얼을 먹을 때 얼굴을 덜 찡그렸다.
- 임신 기간 동안 당근즙을 먹었던 아기들은, 엄마들이 판단할 때, 당근 맛이 나는 시리얼을 더한층 좋아하는 것으로 나타났다.

◆ 엄마들이 시리얼로 아기들의 식사를 보충하기 시작한지 약 4주일 후. 하지만 음식과 당근 냄새가 나는 음료수를 먹이기 시작하기 전.

엄마의 음식 섭취가 아기의 입맛에 미치는 영향

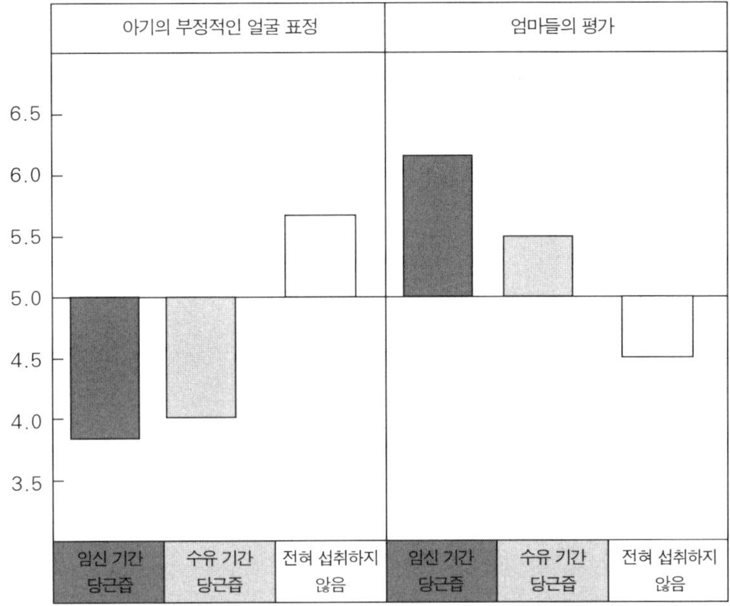

우유를 먹는 아기들과 모유를 먹는 아기들 사이에 차이가 있는지 알아보기 위해 생후 4~6개월까지의 아기 36명을 대상으로 이와 유사한 연구들이 실시되었다(셜리반, 버치, 1994). 연구팀은 모유를 먹고 자라는 아기들은 그렇지 않은 아기들에 비해, 처음으로 야채를 접할 때 더 빠르게 받아들인다는 사실을 발견했다. 이것은 아기들이 모유를 통해 전달되는 아주 다양한 맛들을 경험했기 때문일 것이다. 반면에 우유를 먹는 아기들은 단 한 가지 맛밖에는 경험하지 못한다.

일반적으로 알려진 생각들과는 달리 아기들은 마늘을 아주 좋아하는 것으로 보인다. 엄마들에게 마늘 캡슐을 섭취하게 했을 때, 엄마가 위약을 섭취한 경우보다 아기들이 훨씬 더 오랫동안 젖을 빨았다. 엄마가 마늘 캡슐을 복용했을 때 마늘 맛이 분명히 엄마의 젖으로 흘러들어갔을 것이다. 따라서 아기들은 마늘 맛을 전혀 싫어하지 않는다(메넬라, 보샹, 1993).

결론 만약 당신이 카레나 마늘을 아주 좋아한다면, 그것은 당신이 태아였을 때 경험한 환경과 어떤 관련이 있을 수도 있다. 사실, 학자들은 아기를 둘러싸고 있는 양수에서 커민이나 양파의 강렬한 냄새를 비롯해서 그 외에 엄마가 섭취한 음식과 직접적으로 관련된 모든 물질의 냄새가 날 수 있다는 사실을 밝혀냈다. 임신 마지막 3개월 동안 태아는 하루에 1리터까지 액체(양수)를 마신다. 이 액체는 엄마가 섭취한 음식의 맛을 태아의 감각수용체들로 전달한다. 엄마가 어떤 음식을 섭취하면 태아가 그 맛과 접촉하게 되고, 이는 아기가 태어났을 때 그 음식을 받아들이는 것에 영향을 미치는 것이다. 엄마가 먹는 음식의 맛은 모유에 배게 되고 출생 후 수유를 하는 동안에도 아기는 태내에서와 마찬가지로 엄마가 섭취한 음식 맛들을 접촉한다.

그러므로 엄마들이여, 음식을 다량으로 섭취할 필요는 없다. 그것보다는 오히려 규칙적이고 균형 잡힌 식사가 중요하다. 이 연구 결과들은 수유 기간뿐만 아니라 임신 기간에도 다양한 음식 섭취가 중요하다는 사실을 입증해주고 있다.

55

엄마가 임신 중 먹은 음식이 아기의 후각에 영향을 미칠까?

우리는 방금 엄마가 임신 기간과 수유 기간 동안 어떤 음식을 섭취했을 경우, 아기가 그 음식의 맛을 분간할 수 있다는 것을 보았다. 하지만 냄새의 경우는 어떨까?

샬 연구팀은 이 의문을 풀기 위해 아니스◆ 냄새가 나는 음료나 음식을 평소에 자주 먹은 12명의 엄마들(A그룹)과 그런 음식을 별로 먹지 않은 12명의 엄마들(B그룹)을 모집했다(2000). 이 여성들의 아기들 역시 이 실험에 참여했다(여아 14명, 남아 10명).

출산 예정 15일 전에, 연구팀은 'A그룹 엄마들'에게 아니스 냄새가 나는 사탕과 비스킷, 시럽을 주었다. 그리고 원하는 만큼 그것들을 섭취하되 평소의 식습관을 바꾸지는 말라고 지시했다. 반면 'B그룹 엄마들'에게는 아니스 음식물을 전혀 섭취하지 못하게 했다. 그 후 'A그룹 엄마들'은 본격적인 실험을 시작하기 몇 시간 전에 아니스 섭취를 중단했고, 출

◆ 아니스(anis)는 미나리과의 한해살이 풀로, 그 열매는 독특한 향과 단맛이 나 주로 향식료로 많이 사용된다-옮긴이.

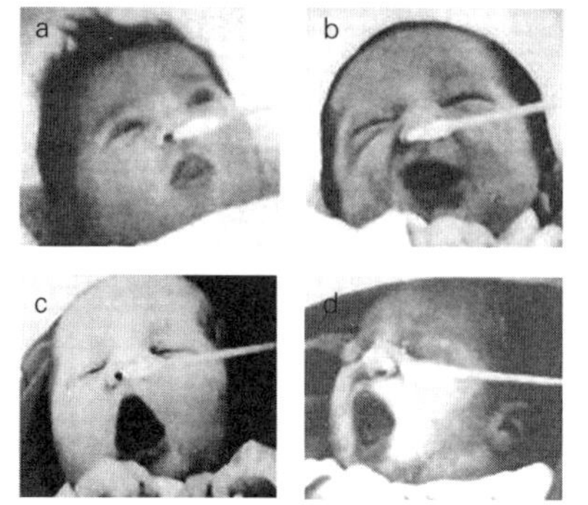

a : 긍정적인 반응(눈 뜨기, 혀 내밀기, 핥기).
b, c, d : 부정적인 반응(이맛살 찌푸리기, 코 찡그리기, 눈꺼풀 내리깔기, 하품하기, 고개 돌리기, 눈 감기).

산 뒤 이 실험이 끝날 때까지 더 이상 아니스 음식물을 섭취하지 않았다.

연구팀은 신생아들에게 두 유형의 냄새를 맡게 했다. 때로는 1%(양수 안에서의 농도라고 추정된 농도) 희석된 아니스 냄새를, 때로는 석유 냄새를 맡게 했다. 이 실험은 두 번 반복되었다. 출생 후 8시간째(최초로 식사를 하기 전)와 4일 후. 실험자는 두 냄새 중 하나에 적신 면봉을 10초 동안 아기 코 아래 갖다대었다. 그런 다음 60초가 지난 뒤 나머지 한 냄새에 적신 면봉으로 동일한 과정을 실시했다.

4일 후 실험 조건들을 약간 변경시켰다. 실험자는 아기의 얼굴 양옆으로, 즉 코 좌우로 1～2센티미터 떨어진 지점에 두 거즈를 놓아두었다. 하나는 아니스에 적신 거즈였고, 다른 하나는 석유에 적신 거즈였다. 1분 후 실험자는 그 거즈들의 위치를 서로 바꾸어놓았다.

아기들의 반응을 관찰한 결과 이맛살 찌푸리기, 코 찡그리기, 윗입술 부풀리기, 입술 삐죽거리기, 하품하기, 고개 돌리기 등 부정적인 반응, 즉 싫어하는 반응들◆로 판단된 아기들의 행동을 찾아냈다. 그리고 긍정적인 반응, 즉 좋아하는 반응들로 판단된 아기들의 행동(빨기, 핥기, 입술

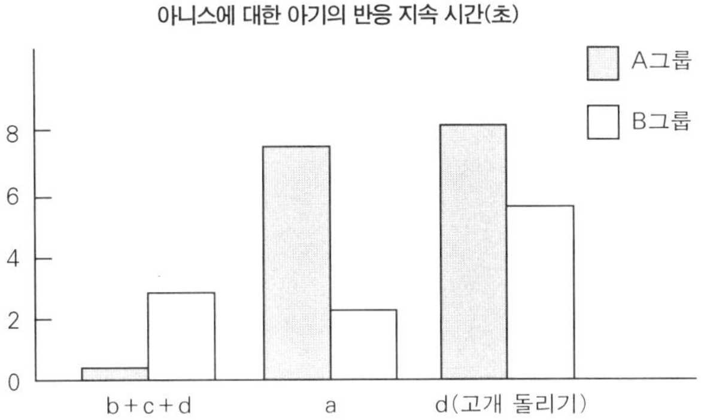

오물거리기 등)도 찾아냈다.

이 결과들에 따르면, B그룹 엄마들의 아기들은 A그룹의 아기들보다 아니스에 대해 부정적인 반응을 더 많이 그리고 더 오랫동안 나타냈다. A그룹의 아기들은 엄마가 임신 기간 동안 아니스를 섭취하지 않았던 아기들(B그룹)보다 아니스 쪽으로 고개를 더 많이 돌리고 입술을 더 많이 오물거리고 혀를 더 내밀었다.

이 자료들은 아니스에 대한 출생 전 경험에서 기인하는 행동상의 결과들이 그 음식에 대한 노출이 중단된 지(즉 출생 후) 4일이 지난 후까지도 나타날 수 있음을 보여준다.

학자들은 엄마가 음식을 먹을 때, 후각적 특성을 가진 대사물질을 포함해서 다양한 대사물질들이 모체와 태아의 혈장 속을 통과하여 양수로 전달된다고 생각하고 있다. 태아는 코와 입으로 그 대사물질들을 삼키고 그

◆ 싫어하는 반응들로 판단된 행동들은 그 이전에 몇몇 심리학자들이 증명한 바 있다(예를 들면 오스터, 에크만, 1978. 로젠스타인, 오스터, 1988).

물질들이 태아의 비강을 자극한다. 대사물질들 속에 있는 글루코오스◆는 주된 냄새를 더욱 '강화시키고', 그래서 아기는 그 물질의 맛을 점점 더 좋아하게 된다. 그 결과, 태어난 후에도 아기는 그 냄새를 좋아하게 된다.

| 결론 | 아기는 엄마 뱃속에서 익힌 후각적 자극과 태어난 후 4일까지 주변 환경에서 접촉한 냄새를 서로 연관시킬 수 있다. 그러므로 아기는 자궁 내에 있었던 마지막 며칠 동안 자기가 흡입했던 양수를 식별할 수 있다(샬, 마를리에, 수시냥, 1998). 뿐만 아니라 아기는 양수 혼합액 속에 들어 있던 후각적인 요소들을 하나씩 따로 구분하고 태어난 지 며칠 후까지도 그 냄새를 식별할 수 있다.

다른 동물들을 대상으로 실시된 여러 연구들은 이 효과가 이유 시기까지 지속된다는 것을 증명했다(빌코, 알트백커, 허드슨, 1994). 비록 이것이 인간에게서는 아직 증명되지 않았지만, 아기가 새로운 음식을 받아들이는 것은 출생 전 태아 때 인지한 냄새들에서 영향받을 수 있다고 가정해볼 수 있다.

그러므로 임신 기간 동안 엄마는 가능한 한 다양한 음식들을 골고루 섭취해야 할 것이다.

◆ 단당류의 하나. D형과 L형의 광학 이성질체가 있는데 천연으로는 D형만이 존재하며, 이것이 바로 '포도당'이다-옮긴이.

아기에 대한 사랑은 '앎'으로 시작된다!

탄생은 결국 아기의 전체적인 발달 과정에서 특별히 중요한 사건이 아니다. 출생 세 시간 전과 후의 아기는 동일한 아기이다. 게다가 방금 태어난 아기와 출생 한 달 전의 태아 사이에는 차이가 거의 없다. 조산아도 임신 기간을 다 채우고 태어난 아기와 마찬가지로 자신의 환경에 반응하고 적응한다. 물론 약 9개월 전부터 애타게 기다리다 마침내 아기를 보고 어르며 귀여워할 수 있게 될 부모에게는 아기의 탄생이 놀랍고 대단한 일로만 보이겠지만.

하지만 한 가지 분명히 해둘 사실이 있다. 태아가 어떤 자극들에 민감하다 해도, 부모는 태아를 더 빠르게 발육시키려고 그 점을 이용해서는 안 된다는 것이다. 사실, 산모의 배에 종이 나팔을 대고 태아에게 말을 걸거나 음악을 들려주고 산모의 배 위에서 불빛을 깜박이면서 규칙적인 간격으로 태아를 자극시키라고 제안하는 사람들이 있다. 하지만 이런 자극들은 전혀 유익하지 않다. 게다가 자극을 받은 태아가 그렇지 않은 태아보다 더 총명해진다는 어떤 실험적 결과도 없다.

더욱이 태아가 자고 있는 때가 언제이고 깨어 있는 때가 언제인지 알 수 없기 때문에, 엄마 배 위에 스피커를 대고 소리를 들려주는 것은 태아의 수면 리듬을 방해할 우려가 있다. 요람 속에서 곤히 잠들어 있는 아기에게 불빛을 깜빡이고 요람을 마구 흔들어대면서 억지로 깨우려는 부모는 이 세상에 한 명도 없을 것이다. 아기가 잠을 자고 있는데 확성기를 들이대고 소리를 질러댈 부모 역시 더더욱 없을 것이다. 그런데 태아에게는 왜 그렇게 하려는가?

하지만 태아에게 조용히 말을 거는 것은 아무런 위험도 없으며, 그것은 오히려 부모가 되기 위한 준비 과정으로 유익할 수 있다고 심리학자들은 말한다.

두 가지 실험방법

다음의 실험방법들은 흔히 아기의 기호를 분석하거나 아기가 두 가지 자극의 차이를 아는지 알아보려 할 때 이용된다.

가짜 젖꼭지 빨기

아기의 입에 고무젖꼭지를 물리고 작은 의자에 앉힌다. 이 젖꼭지는 아기의 흡인 반응(젖꼭지를 빠는 행동)의 세기를 측정할 수 있는 기구와 연결되어 있다.

실험자는 평균치(학자들은 이것을 '기준선'이라 부른다)를 결정하기 위해 2분 동안 측정을 실시한다. 아기가 약간 더 세게 젖꼭지를 빨기 시작할 때부터, 즉 아기가 자신의 '기준선'을 넘어설 때부터 소리 자극이 활성화된다. 이것은 '적응 단계'이다. 이 단계에서 아기는 자신이 아주 세게 젖꼭지를 빨면 소리 자극이 시작된다는 것을 빠르게 인식하게 된다. 다시 말해 아기는 소리 자극을 유발하는 법을 배운다.

일반적으로 아기는 새로운 것을 좋아하고 새로운 것에 자극을 더 많이 받는다. 그래서 아기는 더 세게 젖꼭지를 빨게 된다. 일정 시간이 지나면 아기는 그 소리에 싫증을 내게 되고, 이에 따라 흡인 반응의 강도가 약해진다.

바로 그 순간 심리학자들은 본격적인 실험을 시작한다. 그래서 그때부터 소리 자극의 유형을 바꾼다. 다시 말해 좀더 센 흡인 반응으로 인해 유발된 새로운 소리는 아기가 전에 들었던 소리(즉 적응 단계에서 들었던 소리)와 다르다. 만약 새로운 소리가 아기의 관심을 불러일으킨다면, 아기는 이 새로운 자극을 유발하기 위해 젖꼭지를 더 세게 빨게 된다. 만약 아기가 자극 단계의 소리와 새로운 소리의 차이를 구분하지 못했다면 젖꼭지를 더 세게 빨지 않을 것이다.

고개 돌리기

이 실험방법은 생후 4~24개월 사이의 아기가 소리의 차이(예를 들면 엄마의 목소리와 낯선 여자의 목소리, 또는 단어와 비단어)를 구분할 수 있는지 알아보는 데 이용된다(대부분 6~8개월). 이 방법은 실내에서 실시된다(201쪽 그림 참조). 실험자는 아기를 엄마(또는 아빠) 무릎에 앉힌다. 그리고 엄마(또는 아빠)가 아기에게 영향을 미칠 수 없도록 하기 위해 음악이 나오는 헤드폰을 엄마(또는 아빠) 귀에 씌워 소리 자극을 듣지 못하게 한다.

아기 맞은편 벽 중앙에서 초록색 불빛이 켜진다. 아기가 이 불빛을 응시하기 시작할 때부터 실험이 시작된다. 전구가 꺼지고 빨간 불빛이 때로는 아기의 오른쪽 벽, 때로는 왼쪽 벽에서 깜빡이기 시작한다. 이 불빛은 아기의 얼굴 높이에 있고 각 불빛의 뒤쪽에는 스피커가 설치되어 있다.

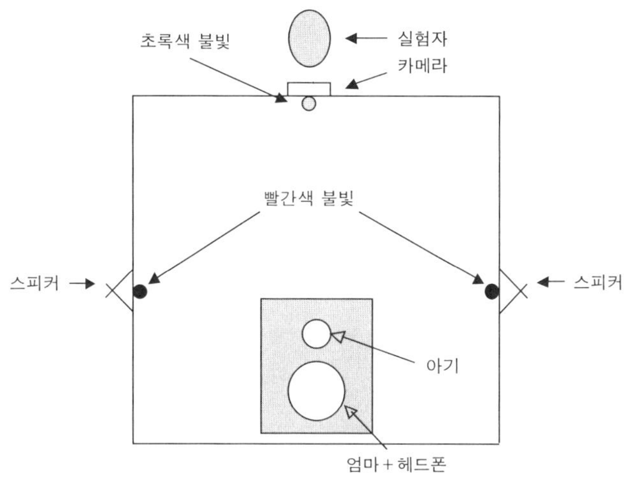

아기가 불빛이 깜빡이는 쪽으로 고개를 약 30도 정도로 돌릴 때, 숨어 있는 관찰자는 전구 뒤에 설치된 스피커를 통해 소리 자극을 내보내기 시작한다. 아기가 그 불빛으로부터 고개를 돌리고 2초 동안 계속 다른 곳을 쳐다보면 자극이 멈춘다. 그렇게 아기가 전구를 쳐다본 시간의 양을 측정할 수 있다(아기가 소리를 '들은' 시간). 그리고 중앙의 불빛이 다시 켜진다. 그러면 다시 두 번째 테스트가 시작된다.◆

◆ 만약 아기가 어느 한쪽을 더 오랫동안 쳐다본다면, 서로 다른 소리들(단어 또는 음악들) 간의 차이를 알고 있으며 더 오래 쳐다보고 있는 쪽의 소리를 더 좋아한다고 간주한다. 아기는 새로운 것이나 이상한 것을 더 많이 쳐다본다(허쉬-파섹, 켐러 넬슨, 주스칙, 캐시디, 드루스, 케네디, 1987).

더 자세히 알아보려면

프랑스어로 된 연구서 소개

_ 언어에 관한 심화 연구서 : De Boysson-Bardies B.(2005). *Comment la parole vient aux enfants de la naissance jusqu' à deux ans*, Paris, Odile Jacob.

_ 지능과 인지 발달에 관한 심화 연구서 : Lecuyer R.(dir). (2004). *Le développement du nourrisson*, Paris, Dunod Éditeur. Siegler R. S.(2000). *Le développement cognitif de l' enfant*, Paris, De Boeck.

_ 운동성에 관한 심화 연구서 : Rivière J.(dir)(2000). *Le développement psychomoteur du jeune enfant*. Idees neuves et approches actuelles, Édition Solal.

_ 인류학적 접근을 위한 연구서 : Desmond Morris(1994). *Le bébé révélé*, Paris, Calmann-Lévy.

_ 아기의 시력에 관한 심화 연구서 : Gregory R.L.(2000). *L' œil et le cerveau la psychologie de la vision*, Paris, De Boeck.

_ 청각에 관한 심화 연구서 : Delaroche M.(2000). *Audiométrie comportementale du très jeune enfant*. Enjeux et modalités, Paris, De Boeck.

인터넷 사이트

_ 파리5 대학-르네 데카르트와 프랑스 국립과학 연구소(CNRS) 산하 인지 발달 연구소.
http//www.psycho.univ-paris5.fr/recherche/ labo_cog/LCD/index.htm

_ 캐나다 아사바스카 대학. 아주 많은 관련 사이트들(주로 영어)이 링크되어 있다.
http//psych.athabascau.ca/html/aupr/developmental.shtml#Child

_ 출생 전 아기에 관한 사이트. 방대한 양의 태아 사진들을 제공한다.
http//www.wprc.org/fetal.phtml

참고문헌

1장 아기를 대하는 부모의 행동

1. 당신은 아기에 관한 고정관념을 가지고 있을까?

Leyens J. -P., Yzerbyt V. et Schadron G. (1994). *Stereotypes and Social Cognition*, Londres, Sage Publications.

Darely J. M. et Gross P.H. (1983). "A Hypothesis-Confirming Bias in Labelling Effect", *Journal of Personality and Social Psychology*, 44, 20-33.

Condry J. et Condry S. (1976). "Sex Differences : A Study of the Eyes of the Beholder", *Child Development*, 47, 812-819.

2. 아빠는 정말로 아기가 자기를 닮은 것을 좋아할까?

Platek S. M., Burch R. L., Panyavin I. S., Wasserman B. H. et Gallup G. G. (2002). "Reactions to Children's Faces : Resemblance Affects Males More than Females", *Evolution and Human Behavior*, 23, 159-166.

DeBruine L. M. (2002). "Facial Resemblance Enhances Trust", Proceedings of the Royal Society of Londres, 269, 1307-1312.

3. 태어난 지 1시간 된 아기를 다른 아기와 바꿔놓으면 엄마는 자기 아이를 알아볼 수 있을까?

Kaitz M., Good A., Rokem A. M. et Eidelman A. I. (1987). "Mothers' Recognition of their Newborns by Olfactory Cues", *Developmental Psychobiology*, 20 (6), 587-591.

Kaitz M., Lapidot P., Bronner R., Eidelman A. I. (1992) "Parturient women can Recognize their Infants by Touch", *Developmental Psychobiology*, 28 (1), 35-39.

Kaitz M., Rokem A.M. et Eidelman A. I. (1988). "Infants' Face-Recognition by Primiparous and Multiparous Women", *Perceptual and Motor Skills*, 67(2), 495-502.

Porter R. H., Cernoch J. M. et McLaughlin F. J. (1983). "Maternal Recognition of

Neonates Through Olfactory Cues", *Physiology et Behavior*, 30, 151-154.

4. 아기의 손을 만지는 것만으로 아빠는 자기 아이를 식별할 수 있을까?

Kaitz M., Good A., Rokem A. M. et Eidelman A. I. (1988). "Mothers' and Fathers' Recognition of their Newborns' Photographs During the Postpartum Period", *Journal of Developmental & Behavioral Pediatrics*, 9(4), 223-226.

Kaitz M., Shiri S., Danziger S., Hershko Z., Eidelman I. (1994). "Father Can Also Recognize their Newborns by Touch", *Infant Behavior and Development*, 17, 205-207.

Parke R. D. (1979). "Perspective on Father-Infant Interation", in J. D. Osofsky (éd.), *Handbook of Infant Development*, New York, Wiley.

5. 아기에게 말할 때 엄마의 표정은 달라질까?

Chong S. C. F., Werker J. F., Carroll J. M. et Russell J. A. (2003). "Three Facial Expressions Mothers Direct to their Infants", *Infant et Child Development*, 12, 211-232.

Cooper R. P. et Aslin R. N. (1990). "Preference for Infant-Directed Speech in the First Month After Birth", *Child Development*, 61, 1584-1595.

Ekman P., Friesen W. V. (1978). *Facial Action Coding System : A Technique for the Measurement of Facial Movement*, Palo Alto, Consulting Psychologists Press.

Fernald A. (1993). "Approval and Disapproval : Infant Responsiveness to Vocal Affect in Familiar and Unfamiliar Language". *Child Development*, 64, 657-674.

Fernald A. et Simon T. (1984). "Expanded Intonation Contours in Mothers' Speech to Newborns", *Developmental Psychology*, 20, 104-113.

Papousek H., Papousek M. et Koester L. S. (1986). "Sharing Emotionality and Sharing Knowledge : A Microanalytic Approach to Parent-Infant Communication", in Izard C. E., Read P. B. (éd.), *Measuring Emotions in Infants and Children* (vol. 2, p. 93-123), New York, Cambridge University Press.

Sorce J. F., Emde R. N., Campos J. J., Klinnert M. D. (1985). "Maternal Emotional Signaling : Its Effect on the Visual Cliff Behavior of 1-Year-Olds", *Developmental Psychology*, 21, 195-200.

Werker J. F, Pegg J. E., McLeod P. J. (1994). "A Cross-Language Investigation of

Infant Preference for Infant-Directed Communication", *Infant Behavior and Development*, 17, 321-331.

6. 당신의 아기를 '아가'라고 불러야 할까?

Thiessen E. D., Hill E. A. et Saffran J. R. (2005). "Infant Directed Speech Facilitates Word Segmentation", *Infancy*, 7(1), 53-71.

7. 엄마는 따라쟁이일까?

O' Toole R. et Dubin R. (1968). " Baby Feeding and Body Sway : An Experiment in George Herbert Mead' s ' Taking the Role of the Other' ", *Journal of Personality and Social Psychology, 10,* 59-65.

8. 아기에게 얼마만큼 신경을 써야 할까?

Pêcheux M.-G. (1990). " L' ajustement parental : un concept utile et flou", *L' Année psychologique*, 90, 567-583.

Sorce J.F. et Emde R.N. (1981). " Mother' s Presence is not Enough : Effect of Emotional Availability on Infant Exploration", *Developmental Psychology*, 17, 6, 737-745.

Riksen-Walraven J.M. (1978). " Effects of Caregiver Behavior on Habituation Rate and Self-Efficacy in Infants ", *International Journal of Behavioral Development*, 1, 105-130

9. 병원에 가보지 않고도 태아의 성별을 알아맞힐 수 있을까?

Perry D., Di Pietro J.A. et Costigan K. (1999). " Are Women Carrying Basketballs Really Having Boys? : Testing Pregnancy Folklore ", *Birth*, 26, 172-177.

Wu J. et Eichmann A. (1988). " Fetal Sex Identification and Prenatal Bonding ", *Psychological Reports*, 63 (1), 199-202.

10. 행복하려면 아기를 많이 낳아야 할까?

Kohler H.P., Behrman J.R. et Skytthe A. (2002). " Partner +Children = Happiness? The Effects of Partnerships and Fertility on Well-Being", *Population and Development Review*, 31 (3), 407-445.

2장 아기의 오감

11. 아기는 언제부터 선명히 앞을 볼 수 있을까?

Aslin R.N. (1985). " Oculomotor Measures of Visual Development ", in Gottlieb G. et Krasnegor N.A. (ed.), *Measurement of Audition and Vision in the First Year of Postnatal Life : A Methodological Overview* (p. 391-415), Norwood, NJ, Ablex.

Banks M.S. (1980). " The Development of Visual Accomodation During Early Infancy ", *Child Development*, 51, 646-666.

Charlier J., Buquet C., Desmidt C. et Querleu D. (1993). " Application de la technique photo-oculographique à l' étude de la poursuite visuelle au cours des premiers mois de la vie", *Bulletin sociéte ophtalmologique française*, 11, 973-978

Dobson V. (1990). " Behavioral Assessment of Visual Acuity in Human Infants ", in Berkley M.A. et Stebbins W.C. (ed.), *Comparative Perception* (487-521), New York, Wiley.

Fantz R.L., Ordy J.M. et Udelf M.S. (1962). " Maturation of Pattern Vision in Infants During the First Six Months ", *Journal of Comparative and Physiological Psychology*, 55, 907-917.

Kremenitzer J.P., Vaughan H.G. Jr., Kurtzberg D. et Dowling K.(1979). " Smooth-Pursuit Eye Movements in the Newborn Infant", *Child Development*, 50, 442-448.

Roucoux A., Culee C. et Roucoux M. (1983). " Development of Fixation and Pursuit Eye Movements in Human Enfants ", *Developmental Brain Research*, 10, 133-139.

Schwartz T.L., Dobson V., Sandstrom D.J. et Van Hof-Van Duin J. (1987). " Kinetic Perimetry Assessment of Binocular Visual Field Shape and Size in Your Infants ", *Vision Research*, 27, 2163-2175.

12. 아기는 누나의 미소 짓는 얼굴과 세탁기 중 어떤 것을 더 좋아할까?

Goren C.C., Sarty M. et Wu P.Y. (1975) " Visual Following and Pattern Discrimination of Face-Like Stimuli by Newborn Infants ", *Pediatrics*, 56(4), 544-549.

Johnson M.H., Dziurawiec S., Ellis H.D. et Morton J. (1991). " Newborns Preferential Tracking of Faces and its Subsequent Decline ", *Cognition*, 40, 1-20.

Langher L., Cecchini M., Lai C., Margozzi B. et Taeschner T. (1998). " Visual Behavior towards a Still Face at Birth ", *International Conference on Methods and Presented at the Techniques in Behavioral Research*, Groningen.

Umilta C., Simion F. et Valenza E. (1996). " Newborn's Preference for Faces ", *European Psychologist*, 1, 200-205.

Simion F., Valenza E., Macchi Cassia V., Turati C. et Umiltà C. (2002). " Newborns' Preference for up-down Asymmetrical Configurations ", *Developmental Science*, 5, 427-434.

13. 아기는 팔이 셋 달린 사람과 눈이 셋 달린 사람 중 누구를 보고 더 놀랄까?

Slaughter V., Stone V.E. et Reed C.L. (2004). " Perception of Faces and Bodies : Similar or Different ? ", *Current Directions on Psychological Science*, 13, 219-223.

14. 아기는 언제부터 거울 속의 자기 모습을 알아볼까?

Courage M.L., Edison S.C. et Howe M.L. (2004). " Variability in the Early Development of Visual Self-Recognition ", *Infant Behavior et Development*, 27, 509-532.

Howe M.L., Courage M.L. et Edison S.C. (2003). " When Autobiographical Memory Begins ", *Developmental Review*, 23, 471-494.

15. 아기는 낯선 사람의 목소리보다 엄마의 목소리를 더 좋아할까?

De Casper A.J. et Fifer W.P. (1980). " Of Human Bonding : Newborns Prefer their Mothers' Voices ", *Science, 208*, 1174-1176.

De Casper A.J. et Prescott P. (1984). " Human Newborns' Perception of Male Voices : Preference, Discrimination and Reinforcing Value ", *Developmental Psychobiology, 17*, 481-491.

Kisilevsky B.S., Hains S.M.J., Lee K., Xie X., Huang H., Ye H.H., Zhang K. et Wang Z. (2003). " Effects of Experience on Fetal Voice Recognition ", *Psychological Science*, 14, 220-224.

Ward C.D. et Cooper R.P. (1999). " A Lack of Evidence in 4-Month-Old Human Infants for Paternal Voice Preference ", *Developmental Psychobiology, 35*, 49-59.

16. 아기에게 책을 읽어줄 때는 꼭 텔레비전을 꺼야 할까?

Christakis D.A., Zimmerman F.J., DiGiuseppe D.L. et McCarty C.A. (2004). "Early Television Exposure and Subsequent Attentional Problems in Children", *Pediatrics*, 113, 708-713.

Newman R.S. (2005). "The Cocktail Party Effect in Infants Revisited : Listening to One's Name in Noise", *Developmental Psychology*, 41(2), 352-362.

Werner L.A. et Boike K. (2001). "Infants' Sensitivity to Broadband Noise", *Journal of the Acoustical*.

17. 당신의 아기에게 모차르트 같은 음악적 천재성이 있는 건 아닐까?

Aslin R.N. (2000). *Interpretation of Infant Listening Times Using the Headturn Preference Technique*, conférence présentée à l'International Conference on Infancy Studies, Brighton, England.

Hunter M.A. et Ames E.W. (1988). "A Multifactor Model of Infant Preferences for Novel and Familiar Stimuli", *Advances in Infancy Research*, 5, 69-95.

Rose S.A., Gottfried A.w., Melloy-Carminar P. et Bridger W.H. (1982). "Familiarity and Novelty Preferences in Infant Recognition Memory : Implications for Information Processing", *Developmental Psychology*, 18, 704-713.

Saffran J.R., Loman M.M. et Robertson R.R.W. (2000). "Infant Memory for Musical Experiences", *Cognition*, 77, 15-23.

Trainor L.J., Wu L. et Tsang C. (2004). "Long-Term Memory for Music : Infants Remember Tempo and Timbre", *Developmental Science*, 7, 289-296

Zentner M.R et Kagan J. (1998). "Infants' Perception of Consonance and Dissonance in Music", *Infant Behavior and Development*, 21, 483-492.

18. 아기는 엄마의 목소리와 얼굴 중 어느 쪽에 더 관심을 가질까?

Cheney D.L. et Seyfarth R.M. (1985). "Vervet Monkey Alarm Calls : Manipulation Through Shared Information ?", *Behaviour*, 94, 150-166.

Falk D. (2004). "Prelinguistic Evolution in Early Hominins : Whence Motherese?", *Behavioral and Brain Sciences*, 27, 491-541.

Vaish A. et Striano T. (2004). "Is Visual Reference Necessary ? Vocal *versus* Facial Cues in Social Referencing", *Developmental Science*, 7, 261-269.

19. 아기는 엄마가 불러주는 〈곰 세 마리〉와 라디오에서 들려오는 셀린 디온의 최신 유행곡 중 어느 쪽을 더 좋아할까?

Masataka N. (1999). " Preference for Infant-Directed Singing in 2-Day-Old Hearing Infants of Deaf Parents ", *Developmental Psychobiology*, 35(4), 1001-1005.

20. 아기는 엄마가 말을 건네는 것과 노래를 불러주는 것 중 무엇에 더 관심을 가질까?

Nakata T. et Trehub S.E. (2004). " Infants' Responsiveness to Maternal Speech and Singing ", *Infant Behavior and Development*, 27 (4), 455-464.

O' Neill C.T., Trainor L.J. et Trehub S.E. (2001). " Infants' Responsiveness to Fathers' Singing ", *Music Perception*, 18 (4), 409-425.

Shenfield T., Trehub S.E. et Nakata T. (2003). " Maternal Singing Modulates Infant Arousal ", *Psychology of Music*, 31, 365-375.

21. 아기는 난생처음 엄마 젖을 먹기도 전에 좋은 맛이 어떤 건지 알고 있을까?

Beauchamp G.K., Cowart B.J. et Moran M. (1986). " Developmental Changes in Salt Acceptability in Human Infants ", *Developmental Psychobiology*, 19, 17-25.

Ganchrow J.R. Steiner J.E. et Daher M. (1983). " Neonatal Facial Expressions in Response to Different Qualities and Intensities of Gustatory Stimuli ", *Infant Behavior and Development*, 6, 189-20.

Rosenstein D. et Oster H. (1988). " Differential Facial Responses to Four Basic Tastes in Newborns ", *Child Development*, 59, 1555-1568.

Steiner J.E. (1973). " The Gustofacial Response : Observation on Normal and Anencephalic Newborn Infants ", in Bosma J.F.(éd.), *Fourth Smposium an Oral Sensation and Perception, Bethesda*, Md., US Department of Health, Education and Welfare.

Steiner J.E. (1977). " Facial Expressions of the Neonate Infant Indicate the Hedonics of Food—Related Chemical Stimuli ", in J.M. Weiffenbach (éd.), *Taste and Development : The Genesis of Sweet Preference*, Washington DC, US Government Printing Office.

Steiner J.E (1979). " Human Facial Expressions in Response to Taste and Smell Stimulation ", *Advances in Child Developmental Behavior*, 13, 257-295.

Tatzer E., Schubert M.T., Timischl W. et Simbrunger G. (1985). : Discrimination of

Taste and Preference for Sweet in Premature Babies ", *Early Human Development*, 12, 23-30.

22. 아기는 모유와 우유 중 어느 쪽을 더 좋아할까?

Marlier L. et Schaal B. (2005). " Human Newborns Prefer Human Milk : Conspecific Milk Odor is Attractive without Postnatal Exposure ", *Child Development, 76*, 155-168.

23. 아기는 냄새만으로 엄마를 알아볼 수 있을까?

Balogh R.D., Porter R.H. (1986). " Olfactory Preferences Resulting from Mere Exposure in Human Neonates ", *Infant Behavior and Development*, 9, 395-401.

Cernoch J.M. et Porter R.H. (1985). " Recognition of Maternal Axillary Odors by Infants ", *Child Development*, 56, 1593-1598.

Macfarland A. (1975). " Olfaction in the Development of Social Preferences in the Human Neonate ", in Macfarlane A. (éd.), *Ciba Found Symposium*, 33, 103-117.

Schleidt M., Genzel C. (1990). " The significance of Mother' s Perfume for Infants in the First Weeks of their Life ", *Ethology and Sociobiology*, 11, 145-154.

Sullivan R.M. et Toubas P. (1998). " Clinical Usefulness of Maternal Odor in Newborns : Soothing and Feeding Preparatory Responses ", *Biology of the Neonate, 74*, 402-408.

24. 아기는 좋은 냄새와 나쁜 냄새를 구분할 수 있을까?

Rieser I., Yonas A. et Wikner K. (1976). "Radial Localization of Odors by Newborns ", *Child Development*, 47, 856-859.

Steiner J.E. (1974). " Discussion Paper : Innate, Discriminative Human Facial Expressions to Taste and Smell Stimulation ", *Annals of the New York Academy of Sciences*, 237, 229-233.

Steiner J.E. (1979). " Human Facial Expressions in Response to Taste and Smell Strimulation ", *Advances on Child Developmental Behavior*, 13, 257-295.

25. 아기는 눈으로 보는 것만큼 손으로도 인식할 수 있을까?

Streri A. et Gentaz É. (2003). " Cross-Modal Recognition of Shapes from Hand to

Eyes in Newborns ", *Somatosensory and Motor Research*, 20, 11-16.

26. 아기의 신체는 엄마의 신체와 하나로 통합되어 있을까?

Freud A. (1965). *Le Normal et le Pathologique chez l' enfant*, Paris, Gallimard.

Neisser U. (1995). " Criteria for an Ecological Self ", in Rochat Ph. (éd.). *The Self in Infancy : Theory and Research*, Amsterdam, North-Holland., p. 17-347.

Spitz R.A. (1995). *De la naissance à la parole : la première année de la vie*, Paris, PUF.

Rochat P. et Hespos S.J. (1997). " Differential Rooting Response by Neonates : Evidence for an Early Sense of Self ", *Early Development and Parenting*, 6(3 et 4), 105-112.

Winicott D.W. (1982). *Processus de maturation chez l' enfant*, Paris, Payot.

3장 아기의 행동

27. 당신의 아기는 따라쟁이일까?

Field T.M., Woodson R. W., Greenberg R. et Cohen C. (1982). " discrimination and Imitation of Facial Expressions by Neonates ", *Science*, 218, 179-181

Jeannerod M. (1997). *The Cognitive Neuroscience of Action*, New York, Blackwell.

Kugiumutzakis G. (1999). " Genesis and Development of Early Infant Mimesis to Facial and Vocal Models ", in Nadel J. et Butterworth G. (éd.), *Imitation in Infancy* (p. 36-59), Cambridge, MA, Cambridge University Press

Meltzoff A.N. et Moore M.K. (1989). " Imitation in Newborn Infants : Exploring the Range of Gestures Imitated and the Underlying Mechanisms ", *Developmental psychology*, 25 (6), 954-962.

28. 당신의 아들은 언제부터 장난감 자동차를 좋아하게 될까?

Berenbaum S.A. et Snyder E. (1995). " Early Hormonal Influences on Childhood Sex-Typed Activity and Playmate Preferences : Implications for the Development of Sexual Orientation ", *Developmental Psychology*, 31, 31-42.

Campbell A., Shirley L. et Heywood C. (2000). " Infants' Visual Preference for Sex-Congruent Babies, Children, Toys and Activities : A Longitudinal Study ", *British Journal of Developmental psychology*, 18, 479-498.

Connellan J., Baron-Cohen S., Wheelwright S., Batki A., Ahluwalia J. (2001). " Sex Differences in Human Neonatal Social Perception ", *Infant Behavior and Development*, 23 (1), 113-118.

Fagot B. et Leinbach M (1989). " The Young Child's Gender Schema : Environmental Input, Internal Organisation ", *Child Development*, 60, 663-672.

Lutchmaya S. et Baron-Cohen S. (2002). " Human Sex Differences in Social and Non-Social Looking Preferences, at 12 Months of Age ", *Infant Behavior & Development*, 25 (3), 319-325.

29. 엄마의 행동을 따라하는 아기가 그렇지 않은 아기보다 더 책임감 있는 아이로 자랄까?

Bandura A. (1986). *Social Foundations of Thought and Action*, Englewood Cliffs, NJ, Prentice Hall.

Forman D.R., Aksan N. et Kochanska G. (2004). " Toddlers' Responsive Imitation Predicts Preschool Age Conscience ", *Psychological Science*, 15, 699-704.

30. 당신의 시선이 아기에게 중요한 영향을 미칠까?

Brooks R. et Meltzoff A.N. (2002). " The Importance of Eyes : How Infants Interpret Adult Looking Behavior ", *Developmental Psychology*, 38, 958-966.

4장 아기의 감정

31. 아기 옆에서는 천장의 거미를 잡으려고 펄쩍펄쩍 뛰는 행동을 해서는 안 될까?

Hirshberg L.M. et Svejda M. (1990). " When Infants Look to their Parents : Infants' Social Referencing of Mothers Compared to Fathers ", *Child Development*, 61, 1175-1186.

Sorce J., Emde R.N., Campos J.J. et Klinnert M. (1985). " Maternal Emotional Signalling : Its Effect on the Visual Cliff Behavior of 1 Year Olds ", *Developmental Psychology*, 21, 1, 195-200.

32. 아기는 타인의 감정에 영향을 받을까?

Mumme D.L. et Fernald A. (2003). " The Infant as Onlooker : Learning from Emotional Reactions Observed in a Television Scenario ", *Child Development*,

74(1), 221-237.

33. 아기는 부모의 표정에 나타나는 기쁨과 슬픔을 알아보고 따라할 수 있을까?

Field T.M., Woodson R., Greenberg R. et Cohen D. (1982). " Descrimination and Imitation of Facial Expression by Neonates ", *Science*, 218, 179-181.

Serrano J.M., Iglesias J. et Loeches A. (1992). " Visual Discrimination and Recognition of Facial Expressions of Anger, Fear and Surprise in 4-to 6-Month-Old Infants ", *Developmental psychobiology*, 25, 411-425.

Soken N.H. et Pick A.D. (1999). " Infants Perception of Dynamic Affective Expressions : Do Infants Distinguish Specific Expressions? : ", *Child Developments*, 70 (6), 1275-1282.

Walker-Andrews A.S. (1997). " Infants' Perception of Expressive Behaviors : Differentiation of Multimodal Information ", *Psychological Bulletin*, 121, 437-456.

34. 아기는 다른 아기들의 울음소리와 눈물에 민감할까?

Dondi M., Simion F., Caltran G. (1999). " Can Newborns Discriminate Between their Own Cry and the Cry of Another Newborn Infant : ", *Developmental Psychology*, 35 (2), 418-426.

Sagi A. et Hoffman M.L. (1976). " Empathic Distress in the Newborn ", *Developmental Psychology*, 12, 175-176.

Simner M.L. (1971). " Newborn's Response to the Cry of Another Infant", *Developmental Psychology*, 5, 136-150.

35. 아기는 슬픈 음악과 경쾌한 음악을 구분할 수 있을까?

Nawrot E. (2003). " The Perception of Emotional Expression in Music : Evidence from Infants, Children and Adults ", *Psychology of Music*, 31(1), 75-92.

Soken N.H. et Pick A.D. (1999). " Infants' Perception of Dynamic Affective Expressions : Do Infants Distinguish Specific Expressions ? ", *Child Development, 70* (6), 1275-1282.

Zentner M.R. et Kagan J. (1996). " Perception of Music by Infants ", *Nature*, 383, 29.

5장 아기의 생각

36. 아기는 아무것도 모르는 바보일까?

Hespos S.J. Baillargeon R. (2001). " Reasoning about Containment Events in Very Young Infants ", *Cognition*, 78, 207-245.

37. 아기는 경험을 통해 앞으로의 일을 예상할 수 있을까?

Blass E. M., Ganchrow J.R. et Steiner J.E. (1984). " Classical Conditioning in Newborn Humans 2-48 Hours of Age ", *Infant Behavior and Development*, 7, 223-235.

Sullivan R. C., Taborsky-Barba S., Mendoza R., Itano A., Leon M., Cotman C., Payne T. et Lott I. (1991). " Olfactory Classical Conditioning in Neonates ", *Pediatrics, 87*, 511-518.

38. 아기는 언제부터 '나는 하고 싶지 않아' 와 '나는 할 수 없어' 를 구분할까?

Behne T., Carpenter M., Call J. et Tomasello M. (2005). " Unwilling versus Unable : Infants' Understanding of Intentional Action ", *Developmental Psychology*, 41, 328-337.

39. 눈앞에서 사라진 아빠는 아기에게 계속 존재할까?

Aguiar A. Baillargeon R. (2002). " Developments in Young Infants' Reasoning about Occluded Objects ", *Cognitive Psychology*, 45, 267-336.

Piaget J. (1937). *La Construction du réel chez* l' enfant, Paris, Delachaux et Niestle.

40. 생후 5개월 된 아기가 3까지 수를 셀 수 있을까?

Féron J., Gentaz E., Streri A, (février 2006). " Evidence of amodal representation of small numbers across visuo-tactile modalities in 5-month-old infants ", *Cognitive Development*.

6장 아기의 언어

41. 아기는 만국어에 능통할까? 만약 그렇다면 그 천재성은 언제까지 지속될까?

Werker J.F. et Lalonde C.E. (1988). "Cross-Language Speech Perception : Initial

Capabilities and Developmental Change ", *Developmental Psychology*, 24 (5), 672-83.

42. 아기는 다른 언어와 모국어를 쉽게 구분할 수 있을까?

Bosch L. et Sebastian-Galles N. (1997). " Native-Language Recognition Abilities in 4-Month-Old Infants from Monolingual and Bilingual Environments ", *Cognition, 65*, 33-69.

Dehaene-Lambertz G. et Houston D.M. (1998). " Faster Orientation Latency toward Native Language in Two-Month-Old Infants ", *Language and Speech*, 41, 21-43.

Moon C., Cooper R.P. et Fifer W.P. (1993). " Two-Day Olds Prefer their Native Language ", *Infant Behaviour and Development*, 16, 495-500.

43. 마르세유 아기는 마르세유 억양을 사용할까?

De Boysson-Bardies B., Halle P., Sagart L. et Durand C. (1989). "A Crosslinguistic Inverstigation of Vowel Formants in Babbling", *Child Language*, 16, 1-17.

44. 아기 앞에서 상스러운 말을 하면 안 되는 이유는 무엇일까?

Jusczyk P. W. et Hohne E. A. (1997). "Infants' Memory for Spoken Words", *Science, 277*, 1984-1986.

45. 아기는 언제부터 당신이 '엄마' 라는 것을 알까?

Tincoff R. et Jusczyk P. W. (1999). "Some Beginnings of Word Comprehension in 6-Month-Olds", *Psychological Science*, 10(2), 172-175.

46. 손이나 발이라는 단어를 들을 때 아기는 그 단어가 무엇을 가리키는지 알까?

Tincoff R. et Jusczyk P. W. (2000). *Do Six-Month-Olds Link Sound Patterns of Common Nouns to New Category Exemplars?*, contribution présentée à la Biennial Meeting of the International Society on Infant Studies, Brighton, UK, juillet.

Tincoff R. et Jusczyk P. W. (2003). "Do Six-Month-Olds Link Sound Patterns of Common Nouns to New Category Exemplars ?", in Houston D., Seidi A., Hollich G., Johnson E et Jusczyk A. (éd.), *Jusczyk Lab Final Report*.

47. 아기는 언제부터 자기 이름을 인식할까?

Mandel D. R., Jusczyk P. W. et Pisoni D. B. (1995). "Infants' Recognition of the Sound Patterns of their Own Names", *Psychological Sciences*, 6, 315-318.

48. 모니카 벨루치의 얼굴과 콰시모도의 얼굴 중 아기는 어느 쪽을 더 좋아할까?

Geldarts S., Maurer D. et Carney K. (1999). "Effects of Eye Size on Adults' Aesthetic Ratings of Faces and 5-Month-Olds' Looking Times", *Perception*, 28, 361-374.

Pascalis O. et Slater A. (éd.) (2003). *Face Perception in Infancy and Early Childhood*, Nova Science Publisers.

Slater A., Von Der Schulenburg C., Brown E., Badenoch M., Butterworth G., Parsons S. et Samuels C., (1998). "Newborn Infants Prefer Attractive Faces", *Infant Behavior and Development*, 21, 345-354.

Slater A., Quinn P., Hayes R., et Brown E. (2000). "The Role of Facial Orientation in Newborn Infants' Preferemce for Attractive Faces" *Development Science*, 3, 181-185.

7장 태아의 행동

50. 태아는 인기 드라마 〈프렌즈〉의 주제곡을 좋아할까?

Hepper P. G. (1991). "An Examination of Fetal Learning Before and After Birth", *The Irish Journal of Psychology*, 12, 95-107.

51. 태아에게 책을 읽어주는 것이 태교에 도움이 될까?

De Casper A. J., et Spence M. J. (1986). "Prenatal Maternal Speech Influences Newborns' Perceptions of Speech Sounds", *Infant Bahavior and Development, 9*, 133-150.

De Casper A. J., Lecanuet J. -P., Busnel M. -C., Granner-Deferre C. et Maugeais R. (1994). "Fetal Reactions to Recurrent Maternal Speech", *Infant Behavior and Development*, 17, 159-164.

52. 태아도 인성을 갖고 있을까?

Di Pietro J. A., Bornstein M. H., Costigan K., Pressman E., Hahn C. S., Painter K.,

Smith B. et Yi L. (2002). "What Does Fetal Movement Predict about Behavior During The First Two Years of Life?", *Developmental Psychobiology*, 40, 358-371.

53. 태아에게도 성적 욕구가 있을까?

Broussin B et Brenot P. (1995). "Does Fetal Sexuality Exist?", *Contraception, Fertilité Sexualité*, 23(11), 696-698.

Koyanagi T., Horimoto N. et Nakano H. (1991). "REM Sleep Determined Using in Utero Penile Tumescence in the Human Fetus at Term", *Biology of the Neonate*, 60(1), 30-35.

Shirozu H., Koyanagi T., Takashima T., Horimoto N., Akazawa K. et Nakano H. (1995). "Penile Tumescence in the Human Fetus at Term : A Preliminary Report", *Early Human Development*, 41, 159-166.

54. 임신 중 미나리를 많이 먹은 엄마에게서 태어난 아기는 미나리를 좋아하게 될까?

Mennella J. A., et Beauchamp G. K., (1993). "The Effects of Repeated Exposure to Garlic-Flavored Milk on the Nursling's Behavior", *Pediatric Research*, 3, 805-808.

Mennella J. A., Jagnow C. P. et Beauchamp G. K., (2001). "Prenatal and Postnatal Flavor Learning by Human Infants", *Pediatrics, 107*(6), e88.

Sullivan S. A. et Birch L. L. (1994). "Infant Dietary Experience and Acceptance of Solid Foods", *Prediatrics, 93*(2), 271-7.

55. 엄마가 임신 중 먹은 음식이 아기의 후각에 영향을 미칠까?

Bilkó A., Altbäcker V. et Hudson R. (1994). "Transmission of Food Preference in the Rabbit : The Means of Information Transfer", *Physiology and Behavior*, 56, 907-912.

Schaal B., Marlier L. et Soussignan R. (2000) "Human Fœtuses Learn Odours from their Pregnant Mother's Diet", *Chem. Senses*, 25, 729-737.

Schaal B., Marlier L. et Soussignan R. (1998) "Olfactory Function in the Human Fetus : Evidence from Selective Neonatal Responsiveness to the Odor of Amniotic Fluid", *Behav. Newrosci.*, 112, 1438-1449.

찾아보기

ㅂ

ㅅ

ㅌ

ㅍ

ㅎ

내 아기를 더 잘 이해하기 위한 심리실험 100

1판 1쇄 찍음 2007년 11월 13일
1판 1쇄 펴냄 2007년 11월 20일

펴낸곳 궁리출판

지은이 세르주 시코티
옮긴이 윤미연
펴낸이 이갑수
편집주간 김현숙
편집 변효현
디자인 이현정, 전미혜
영업 백국현, 도진호
관리 김옥연

등록 1999. 3. 29. 제300-2004-162호
주소 110-043 서울특별시 종로구 통인동 31-4 우남빌딩 2층
전화 02-734-6591~3
팩스 02-734-6554
E-mail kungree@chol.com
홈페이지 www.kungree.com

ISBN 978-89-5820-111-3 03180

값 10,000원